朱/自/清/别/集

朱自清 著

新诗杂话

陈武 主编

光明日报出版社

图书在版编目（CIP）数据

新诗杂话 / 朱自清著. -- 北京：光明日报出版社，2023.7
（朱自清别集 / 陈武主编）
ISBN 978-7-5194-7348-8

Ⅰ.①新… Ⅱ.①朱… Ⅲ.①新诗—诗歌研究—中国—文集 Ⅳ.①I207.25-53

中国国家版本馆CIP数据核字(2023)第124350号

新诗杂话
xin shi za hua

著　　者：	朱自清		
主　　编：	陈　武		
责任编辑：	郭玫君	策　　划：	崔付建　秦国娟
封面设计：	鸿儒文轩	责任校对：	朱　莹
责任印制：	曹　净		

出版发行：光明日报出版社
地　　址：北京市西城区永安路106号，100050
电　　话：010-63169890（咨询），010-63131930（邮购）
传　　真：010-63131930
网　　址：http://book.gmw.cn
E - mail：gmrbcbs@gmw.cn
法律顾问：北京市兰台律师事务所龚柳方律师

印　　刷：三河市华东印刷有限公司
装　　订：三河市华东印刷有限公司
本书如有破损、缺页、装订错误，请与本社联系调换，电话：010-67019571

开　　本：130mm×185mm　　印　　张：7
字　　数：112千字
版　　次：2023年7月第1版
印　　次：2023年7月第1次印刷
书　　号：ISBN 978-7-5194-7348-8
定　　价：45.00元

版权所有　翻印必究

前 言

朱自清出生于1898年11月22日。曾祖父朱子擎原姓余，少年时因家庭发生变故而被绍兴同乡朱姓领养，遂由余子擎改名朱子擎。朱子擎成年后和江苏涟水花园庄富户乔姓人家的女儿成婚并定居于花园庄，儿子出生时，为纪念祖先而起名朱则余。朱则余就是朱自清的祖父，娶当地吴氏女生子朱鸿钧。朱则余在海州做承审官时，朱鸿钧一家随父亲在海州定居生活。在朱自清出生的第四年，即1901年，朱鸿钧到高邮邵伯（后归江都）做一名负责收盐税的小官，朱自清随同母亲一起到邵伯生活。1903年，朱则余从海州任上退休，朱鸿钧在扬州赁屋迎养，从此便定居扬州。1916年秋，朱自清考入北京大学预科，一年后转读本科哲学系，并于1920年5月毕业。大学读书期间，朱自清受新思潮的启发和鼓舞，积极参加文学社团，从事文学创作，并全程参与以北京大学为中心的"五四"学生爱国运动。大学毕业后的五年时间里，朱自清一直在江南各地从事中学教学和文学创作，结交了叶圣陶、俞平伯、郑振铎、丰子恺、朱光潜等好友，创作了大量的白话诗、散文和教学随笔，为开辟、发展新文学创作的道路，做出了可喜的成绩和贡献。1925年暑假后，朱自清任清华大学教授，从此开始了一生服务于清华的道路。朱自清的学生季镇淮在纪念朱自清逝世三十周年座谈会上说："清华园确实是先生喜爱的胜地。新的环境安排了新的生活和工作。由于教学的需要，先生开展古代历史文化的研究，对汉字、汉语语法、经史子集、诗文评、小说、歌谣之类，以及外国历史文学，无所不读，无不涉猎研究，'注重新旧文学与中外文学的融合'。而比较集中于中国文学史、中国文学批评史的研究和当代文学评论。"

1937年，"七七"事变爆发，这是中国近代史上的一个转折点，也是朱自清生活的一个节点，随着清华大学的南迁，朱自清也一路迁徙，从长沙到南岳，再到蒙自，再到昆明，一家人分居几处，生活的艰难可想而知。随着抗日战争的不断深入，国民党统治区的物价持续飞涨，朱自清家的生活也陷入了贫困，朱自清的身体健康水平日益恶化。但朱自清在写作、教学和研究中，依然一丝不苟，奋力拼搏，一篇篇散文和研究文章不断见诸报刊，一本本新书不断出版，表现了一个中国作家、学者的韧劲和自觉。

抗日战争胜利后，朱自清于1946年随着清华大学复员而回到北平，朱自清自觉地加入民主运动中去，在研究和写作中体现了正直的知识分子的立场。在贫病交加中，由一个坚定的爱国主义者，成为一个革命民主主义者，签名拒绝领取美国救济粮。朱自清在"美帝国主义和国民党反动派面前站了起来"，表现了有骨气的中国人的传统美德和英雄气概。

朱自清一生所处的时代，是近代中国人民觉醒的时代，也是中国社会发展巨大转折的时代，朱自清没有迷失自我，坚定自己的创作、研究和教学，培养了一大批正直的知识分子和社会建设人才，留下了数百万字的作品，成为中国文化的巨大财富。

在"朱自清别集"编辑过程中，我们以1983年生活·读书·新知三联书店出版的《论雅俗共赏》、1988年江苏教育出版社陆续出版的《朱自清全集》、2011年岳麓书社出版的《语文零拾》《诗言志辨》《标准与尺度》中的部分篇目为底本，对于朱自清文章中的一些异体字和通假字以及原标点等予以照原样保留，比如，"象""底""勒""意""那""气分""甚么""晕黄"等，特此说明。由于编者能力有限，有不足之处，敬请读者指正。

2022 年 8 月

编者

目 录
Contents

短诗与长诗	001
新　诗	005
唱新诗等等	021
论中国诗的出路	028
关于"新诗歌"的问题（给芙影的信）	038
选诗杂记	043
闻一多先生与新诗	052
今天的诗——介绍何达的诗集《我们开会》	056
新诗的进步	067
解　诗	070
诗与感觉	076

诗与哲理	085
诗与幽默	091
抗战与诗	101
诗与建国	106
爱国诗	114
北平诗——《北望集》序	122
诗的趋势	126
译　诗	135
真　诗	146
朗读与诗	158
诗的形式	169
诗　韵	176

附　录

《新诗杂话》原序	189
诗与公众世界（译文）	194

短诗与长诗

现在短诗底流行，可算盛极！作者固然很多，作品尤其丰富；一人所作自十余首到百余首，且大概在很短的时日内写成。这是很可注意的事。这种短诗底来源，据我所知，有以下两种：（一）周启明君翻译的日本诗歌，（二）泰戈尔《飞鸟集》里的短诗。前一种影响甚大。但所影响的似乎只是诗形，而未及于意境与风格。因为周君所译日本诗底特色便在它们的淡远的境界和俳谐的气息，而现在流行的短诗里却没有这些。后一种影响较小；但在受它们影响的作品里，泰戈尔底轻情、曼婉的作风，却能随着简短的诗形一齐表现。而有几位作者所写理知的诗——格言式的短诗，——更显然是从泰戈尔而来。但受这种影响的作品究竟是少数；其余的流行的短诗，在新的瓶子里到底装着些什么呢？据我所感，便只有感伤的情调和柔靡的风格；

正如旧诗、词和散曲里所有的一样！因此不能引起十分新鲜的兴味；近来有许多人不爱看短诗，这是一个重要的缘故。长此下去，短诗将向于疲倦与衰老底路途，不复有活跃与伶俐底光景，也不复能把捉生命底一刹那而具体地实现它了。那是很可惜的！所以我希望现在短诗底作家能兼采日本短诗与《飞鸟集》之长，先涵养些新鲜的趣味；以后自然能改变他们单调的作风。那时，短诗便真有感兴底意义了。

现在的短诗叫人厌倦，还有一个原因，就是太滥了！短诗底效用原在"描写一地的景色，一时的情调"，或说，"表现一刹那的感兴"；所以贵凝练而忌曼衍。勃来克底诗说："一沙一世界，一花一天国"[①]正可借来形容短诗底意境。在艺术上，短诗是重暗示、重弹性的表现；叫人读了仿佛有许多影像跃跃欲出底样子。所以短诗并不容易有动人底力量。现在的作家却似乎将它看得太简单了，淡焉漠焉，没相干的情感，往往顺笔写出，毫不经意。这种作品大概是平庸敷泛，不能"一针见血"；读后但觉不痛不痒，若无其事，毫没有些余味可以咀嚼，——自然便会厌

---

① 依田汉君译文。

倦了！作者必以为不过两三行而已，何须费心别择？不知如无甚意义，便是两三行也觉赘疣；何能苟且出之呢？世间往往有很难的事被人误会为很容易，短诗正是一例。因为容易，所以滥作；因为滥作，所以盛行，所以充斥！但我们要的是精粹的艺术品，不是仓卒的粗制品；虽盛虽多，何济于事？所以我只希望一般作者以后能用极自然而又极慎重的态度去写短诗；量尽可比现在少，质却要比现在好！

因为短诗底单调与滥作，我便想起了长诗。长诗底长应该怎样限定，那很难说。我只能说长诗底意境或情调必是复杂而错综，结构必是曼衍，描写必是委曲周至；这样，行数便自然很多了。在这两年的新诗里，也曾看到几首长诗，自一二百行至三四百行不等；但这决不是规定的长度，我只就现状说说罢了。长诗底好处在能表现情感底发展以及多方面的情感，正和短诗相对待。我们的情感有时像电光底一闪，像燕子底疾飞，表现出来，便是短诗。有时磅礴郁积，在心里盘旋回荡，久而后出；这种情感必极其层层叠叠、曲折顿挫之致。短诗固万不能表现它，用寻常的诗形，也难写来如意。这里必有繁音复节，才可尽态极妍，畅所欲发；于是长诗就可贵了。短诗以隽永胜，长诗以宛曲尽致胜，都是灌溉生活的泉源，不能偏废；而长诗尤能引起深厚的情感。在几年来的诗坛上，长诗底创作实在太少了；可见一般作家底情感底不丰富与不发达！这样下去，加以现在那种短诗底盛行，情感将有萎缩、干涸底危险！所以我很希望有丰富的生活和强大的力量的人能够多写些长诗，以调剂偏枯的现势！我也晓得长篇的抒情的诗，很不容易产生；在旧诗里，是绝律多而长古少，在词里，是小令、中调多而长调少，可见舍长取短，自古已然。这自然因为一般的作家缺乏深厚的情感或委曲的艺术所致。但我想现在总该有些能写长诗的作家，但因自己的疏懒或时俗所好尚，所以不曾将他们的作品写出。我所希望的便在这些有得写、能够写，而却将机会放过的人！至于情感本来简单，却想竭力敷衍一番，或存了长诗底观念，勉强去找适宜的情感，那都是我所深恶痛绝的！我只赞叹那些自然写出的好的长诗！有了这种长诗，才有诗的趣味底发展，才有人的情感底圆满的发展。

1922 年 4 月 15 日。

新　诗

> "新诗破产了!
> 什么诗! 简直是:
> 罗罗苏苏的讲学语录;
> 琐琐碎碎的日记簿;
> 零零落落的感慨词典!"

这首"新诗"登在三四年前的《青光》上;作者的名字,我没有抄下来,不知是谁。我保存这点东西的意思,一小半因为这短短的五行话颇有趣味,一大半因为"新诗破产"的呼声,值得我们深切的注意。其实"新诗破产"的忧虑,也并非在这首"新"诗里才有;较早的《青光》里,我记得,至少还有一段,也是为新诗担忧的。那是说,有一个学生,一心一意要做新诗人;终日不作他事,只伏在案上写诗——一礼拜便写成了一本集子！跟着的按语，大约是"这还了得！"之类。

据我所知道，新文学运动以来，新诗最兴旺的日子，是一九一九至一九二三这四年间。《尝试集》是一九一九出版的，接着有《女神》等等；现在所有的新诗集，十之七八是这时期内出版的。这时期的杂志、副刊，以及各种定期或不定期的刊物上，大约总短不了一两首"横列"的新诗，以资点缀，大有饭店里的"应时小吃"之概。但同时仍有许多人怀疑新诗；这自然不能免的。胡适之先生在一九一九年写的《谈新诗》里说：

"……只有国语的韵文——所谓'新诗'——还脱不了许多人的怀疑。但是现在做新诗的人也就不少了。报纸上所载的，自北京到广州，自上海到成都，多有新诗出现。"

做新诗的人之多，是实在的；而且自此年后，更是有加摩已。"许多人的怀疑"（即使是赞成"国语的散文"的人），也是实在的；但这只是一种潜势力，尚不曾打出鲜明的旗帜。直到一九二二年一月，《学衡》出版，才有胡先骕先生《评尝试集》一文，系统地攻击新诗。他虽然出力攻击，但因他的立场是"古学主义"（即古典主义），逆着时代而行，故似乎并未发生什么影响。真正发生影响的议论，是隔了一年才有的。这时新文学主义者自己，有了非难新诗的声音，而且愈来愈多。这种"萧墙之祸"甚是厉害，新诗无论如何，看起来总似乎已走上了"物极必反"的那条老路。我上文所举两例，正在这些时候发见。

但这些还只是箴新诗末流之失；更有人进一步怀疑于新诗之存在。例如丁西林先生，我们有许多人读过他国语的小说和戏剧，他就是个根本反对新诗的人。他在独幕剧《一只马蜂》里，有一段巧妙的对话；看他借了吉先生的口，怎样攻击新诗：

"吉老太太　现在这班小姐们，真教人看不上眼，不懂得做人。不懂得治家。我不知道她们的好处在什么地方？

"吉先生　她们都是些白话诗。既无品格，又无风韵。傍人莫名其妙，然而她们的好处，就在这个上边。

"老太太　我问你，你这样的人也不好，那

样的人也不好，旧的你说她们是八股文，新的你又说她们是白话诗。……

"吉　是的，同样的没有东西，没有味儿。"

《一只马蜂》最初是登在一九二三年十月份的《太平洋》上面；那时前后，各方面非难的话还很多，我现在不能遍引。

在"四面楚歌"中，新诗的中衰之势，一天天地显明。杂志上，报纸上，渐渐减少了新诗的登载，到后来竟是凤毛麟角了。偶然登载，读者也不一定会看；即使是零零落落的几行，也会跨了过去，另寻别的有趣的题目。而去年据出版新诗集最多的上海亚东图书馆中人告诉我，近年来新诗集的销行，也迥不及从前的好。总之，新诗热已经过去，代它而起的是厌倦，一般的厌倦。这时候本来怀疑新诗的人不用说，便是本来相信新诗的人，也不免有多少的失望。他们想，新诗或者真没有足以自存的地方，真如胡先骕先生所诅咒的"微末之生存"吧？新诗或者真要"破产"吧？在这满飞着疑问号的新诗坛上，我碰到好几位朋友；他们都很纳闷，暂时不愿谈到此事——他们觉得这个谜是不容易猜的。只有我的一个学生曾来过一封信，他说：

"我看近来国人对于诗的观念,渐渐有些深沉,而不敢妄作。这不知是好还是坏的现象?但也许并不是深沉,'血呀泪呀花呀',或是歌不出别的法门来了。所以如闻一多的《渔阳曲》《七子之歌》《白藏曲》之类,力想别开门径,而表示豪漫深沉。然而也不容易!所以有时不得不叹惜咏歌之将尽。……我想白话运用于文学,似乎有问题。我极愿现时的白话再改进;不过自己没有成绩之先,未免是漂亮话。"

他因怀疑新诗,甚至怀疑"白话运用于文学";他原是相信白话文学的人,现在他的怀疑,足以代表一部分曾经相信白话文学的人。所以很值得我们注意。

直到今年四月,闻一多、徐志摩诸先生出了一个《诗镌》,打算重温诗炉的冷火。他们显然要提倡一种新趋势;他们要"创造新的音韵,新的形式与格调"。这是《诗镌》同人之一,刘梦苇先生《中国诗底昨今明》一文中的话。此文印在去年十二月十二日的《晨报·副刊》上,虽不在《诗镌》时代,却可以代表《诗镌》的主张与工作。同文里又述闻一多先生的意见，说"中国诗似乎已经上了正轨"。这是指他们一派的新韵律的诗而言。后来刘先生自己在《诗镌》里也说过同样的话。所谓新韵律，一是用韵，二是每行字数均等，三是行间节拍调匀；他们取法于西洋诗的地方，比取法于旧诗词的地方多。这种趋势，在田汉、陆志韦、徐志摩诸先生的诗中，已经逐渐显露，《诗镌》只是更明白地确定为共同的主张罢了。这种主张有它自己的价值，我想在后面再论。《诗镌》确是一支突起的异军，给我们诗坛不少的颜色！可惜只出了十一期便中止。它的影响可并不大，虽然现在还存留着在一小部分人之中；这或因主张本难普遍，或因时日太短。总之，事实上，暂时热闹决不曾振起那一般的中衰之势。我想《诗镌》同人在这一点上必也感着寂寞的。有些悲观的人或者将以为这是新诗的回光返照，新诗的末日大概不久就会到临了，我还不能这样想。我所以极愿意试探一探新诗的运命，在这危疑震撼的时候。

我觉得我们现在所要的是有意思的发荣滋长，而不是一阵热空气；热空气的消失，在我们是无损的。一九一九年来新诗的兴旺，一大部分也许靠着它的"时式"。一般做新诗的也许免不了多或少的"趋时"的意味；正如闻一多先生所讥，"新是作时髦解的！"——自然，这并不等于说，全没有了解新诗的价值的人！但那热空气究竟是没有多少东西，多少味儿的；所以到了一九二三年九月，便有郭沫若先生出来主张"文艺上的节产"（《创造周报》十九号）。他虽非专论新诗，新诗自然占着重要的地位，在他的论旨里。那里面引达文齐与歌德为例，说：

> "伟大的是他们这种悠长的等待！他们等待是什么？在未从事创作之前等待的是灵感，在既从事创作之后等待的是经验。……"
>
> ……
>
> "目前的世界为什么没有什么伟大的作家，没有什么伟大的作品？目前的中国，为什么没有什么伟大的作家，没有什么伟大的作品？我们可以知道了。我们可以说就是早熟的母体太多了，早产的胎儿太多了的缘故。"
>
> "等待吧！等待吧！青年文艺家哟！"

我们若相信他的话，那么，现在一般人所嘲讽，所忧虑的

"新诗的衰颓",可以说不是"衰颓",而正是他所要求的"节产",虽然并不是有意的。"节产"总可乐观;我们是在等待灵感与经验——"自然的时期是不可不等待的"!为什么甫经四年的冷落,便嗒然自失呢?我觉我们做事,太贪便宜,求速成,实是一病。政治革命,十五年"尚未成功",现在我们是明白的了;文学革命,诗坛革命,也正是一样,我们只有努力向前,才能打出一片锦绣江山;何可回首唏嘘,自短志气?

我们的希望太奢了,故觉得报酬太少了;然而平心而论,报酬果然太少么?我且断章取义地引成仿吾先生的话:

> "在这样短少的期间,我们原不能对于他(新文学)抱过分的希望。而且只要我们循序渐进,不入迷途,我们的成功原可预计。……"(《新文学之使命》,《创造周报》二号,一九二三年五月)

再看周启明先生的话:

> "在批评家希望得见永久价值的作品,这原

是当然的,但这种佳作是数年中难得一见的;现在想每天每月都遇到,岂不是过大的要求么?"(《自己的园地》六四页)

这些话是很公平的。我们若以这两种眼光来看新诗的发展,足可以减少我们的杞忧,鼓舞我们的勇气。或许有人以为这种看法太乐天了,太廉价了。我们还可谨慎些说:我们至少可以相信,"此新国"不"尽是砂碛不毛之地",此路未必不通行。这是胡适之先生一九一六年说的话;那时只有他一个人在做"刷洗过的旧诗","真正白话诗"还不曾出世呢。现在是十年以后了;还只说这样话,想来总不算过分吧。十年来新诗坛的成绩,虽不能使我们满意,但究竟有了许多像样的作品,这是我们可以承认的。单篇如一九一九的《小河》,一九二四的《羸疾者之爱》,完成的时期相隔五年;集子如一九二一的《女神》,一九二五的《志摩的诗》,出版的时期相隔四年;却都是有光彩的作品。可见新诗坛虽确乎由热闹走向寂寞,而新诗的生命却并未由衰老而到奄奄欲绝,如一般人所想。但好作品的分量,究竟敌不过那些"苦稻草,甘蔗渣,碎蜡烛",我们也当承认。这也不见得是新诗的致命伤,因为混乱只是短时期的现象;而数年来的冷落,倒是一帖对症的良药,足以奏摧陷廓清之功。所以看了一般人暂时的厌倦和新诗分量的减少,便断定或忧虑它将短命而死的人,我觉得未免都是太早计!

若许我猜一猜新诗坛冷落的因果,我将大胆地说:生活的空虚是重要的原因。我想我们的生活里,每天应该加进些新的东西。正如锅炉里每天须加进些新的煤一样。太阳天天殷勤地照着我们,我们却老是一成不变,懒懒地躲在运命给我们的方式中,任他东也好,西也好;这未免有些难为情吧!但是,你瞧,我们中有几个不跟着古人、外人,或并世的国人的脚跟讨生活呢?有几个想找出簇新的自己呢?你说现在的新诗尽是歌咏自己,但是真能搔着自己的痒处的,能有几人?自己先找不着,别人是要在自己里找的,自然更是渺无音响!《诗》的二卷里,叶圣陶先生有《诗的泉源》一文,说丰富的生活,自身就是一段诗,写出不写出,都无关系的。没有丰富的生活而写诗,凭你费多大气力,也是"可怜无补费精神"!"丰富"的意思,就是要找出些东西,找出些味儿,在一件大的或小的事儿里,这世界在不经心的人眼里,只是"不过如此";在找寻者的眼里,便是无穷的宝藏,远到一颗星,细到一根针。

现在作新诗的人,我们只要约略一想,便知道大多数——十之九——是学生。其中确有少数是天才,而大多数呢?起初原也有些蕴藏着的灵感;但那只是星火,在燎原之前,早已灭了;那只是一泓无源之水,最容易涸竭的。解放启发了他们灵感,同时给予他们自由,他们只知道发挥那灵感,以取胜于一时,却忘记了继续找寻,更求佳境。是的,找寻是麻烦的,而他们又不愿搁笔;于是不得不走回老路,他们倚靠着他们的两大护法:传统与模仿。他们骂古典派,"连篇累牍,不出月露之形,积案盈箱,惟是风云之状",但他们自己不久也便堕入"花呀,鸟呀","血呀,泪呀","烦闷呀,爱人呀"的窠臼而不自知。新诗于是也有了公式,而一般的厌倦便开始了。更进一步,感伤之作大盛。伤春悲秋,满是一套宽袍大袖的旧衣裳。说完了,只觉"不过如此","古已有之"。表面上似乎开了一条新路,而实际上是道地的传统精神。新诗到此,真是换汤不换药,在可存可废之间。自由的形式里,塞以硬块的情思,自然是"没有东西,没有味儿"!这时间有能创作的人,那是不幸得很,他的衣服,非被一班蹑脚跟的扯持碎烂不可。如《女神》出后,一时昌言大爱者,风起云涌；"一切的一切"等语调几乎每日看见。朋友郢先生讥为鹦鹉学舌，实是确论。

论到形式，则创新者较多。虽然胡适之先生在一九一九的《谈新诗》里说：

> "我所知道的'新诗人'，除了会稽周氏兄弟之外，大都是从旧式诗，词，曲里脱胎出来的。"（《胡适文存》卷一，二三五页）

但后来便不然了，便是胡先生自己，后来也改变了。因为做新诗的人，有许多是白手起家，与旧式诗、词、曲极少交涉，他们不得不自己努力。有许多并且进一步，想独创一种形式。《诗镌》中诸作，也正偏重在这一面，这原是很可乐观的。但空有形式无用；没有好的情思填充在形式里，形式到底是不会活的。若说只要形式讲究便行，与从前"押韵便是"又何异呢？一般人看新诗，似乎太注重它的形式之新，与旧体诗、词、曲不同；因此来了一种重大的误会，以为新诗唯一的好处是容易。虽然像《诗镌》中所主张的新形式，也并非容易；但《诗镌》是后来的事，而影响又不大，不能以为论据。我想"新诗人"之多，"容易"总是一个大原因。其实新诗何尝容易？《诗镌》说的新形式不用说，便是所谓"自由诗"，又岂是随随便便写得好的？本文篇首所举两例，正是责备一般作者将作诗的事看得太容易了。要知道提倡的人本只说"诗体大解放"，并不曾说容易；提倡白话文，虽有人说是容易作，但那只是因时立说，并不是它的真价值。一般人先存了个容易的观念，加以轻于尝试的心思，于是粗制滥造，日出不穷。新诗自然愈来愈滥了。但这也是过渡时代不可免的现象。

这种现象，凡是爱护新诗的人，没有不担忧的，前面所引郭沫若先生的话，想也是因此而发。成仿吾先生在《新文学之使命》里说得更是明白：

"我们的作家大多数是学生，有些尚不出中等学堂的程度，这固然可以为我们辩解，然而他们粗制滥造，毫不努力求精，却恐无辩解之余地。我们现在每天所能看到的作品，虽然报纸杂志堂堂皇皇替他们登出来，可是在明眼人眼里，只是些赤裸裸的不努力。作者先自努力不足，所以大多数还是论不到好丑。最厉害的有把人名录来当做诗，把随便两句话当做诗的，那更不足道了。"

而郑伯奇先生在《新文学之警钟》(《创造周报》三十一号,一九二三年十二月)里也说:

> "现在文坛的收获,太难令人满意了;不仅不能满意,并且使人不能不忧虑新文学的前途。且就诗说吧,这两年来,流行所谓'小诗',其形式好像自来的绝句,小令,而没有一点音调之美。至于内容,又非常简陋,大都是唱几句人生无常的单调,而又没有悲切动人的感情。在方生未久的新诗国中,不意乃有这种沉靡单简的'小诗'流行,真可算是'咄咄怪事'!听说这流行是由翻译泰戈尔和介绍日本的和歌俳句而促成的;那么更令人莫明其妙了。……"(以下论音调,后将再引)

"所谓小诗",如周启明先生《论小诗》里所说,"是指现今流行的一行至四行的新诗。这种小诗……其实只是一种很普通的抒情诗,自古以来便已存在的。"我是赞成小诗的人，我相信《论小诗》中的话：

> "如果我们'怀着爱惜这在忙碌的生活之中浮到心头又复随即消失的刹那的感觉之心'，想将他表现出来，那么数行的小诗便是最好的工具了。"（所引俱见《自己的园地》五三页）

我引郑先生的话，只以见小诗也正同一般的新诗一样，也流于滥的一途去了。在一九二三年的时候，我还觉得小诗比一般的新诗更容易，使人有"容易"的观念，更易长粗制滥造之风。论到小诗，周先生的和歌俳句的翻译，虽然影响不小，但它们的影响，不幸只在形式方面，于诗思上并未有何补益。而一般人"容易"的观念，倒反得赖以助长。泰戈尔的翻译，虽然两方面都有些影响，但所谓影响，不幸太厉害了，变成了模仿；模仿是容易不过的，况在小诗！这自然都是介绍者始意所不及的。这样双管齐下的流行，小诗期经两年而卒中止；于是一般的新诗与小诗同归于冷清清的，非复当年胜概。我不敢说新诗的冷落，是小诗为之；但这其间，我相信，不无有多少的关系。不然，何相挟以俱退藏于密呢？但小诗究竟是少不得；它有它独特的好处。我相信它和一般的新诗一样,仍要复兴的。而且小诗不但是"自古有之",便是新诗的初期,也有这一体,不过很少,而且尚无小诗之名罢了。如《女神》中的《鸣蝉》,《草儿》中的《风色》,都是极好的小诗,可见这一体决不是余剩的了。

1927年2月5日。

唱新诗等等

近年来新诗的气象颇是黯淡。一年前我曾写《新诗》一文。上篇已刊在《一般》杂志上；在那里面，我叙述新诗的历史，并略说明暂时的冷落，未必即足致新诗的死命。下篇本定申说这后一层意见；但这要说到将来的事，而且近于立"保单"，未免使我为难。所以踌躇着，终于不曾下笔。

有一回和平伯谈及，他说从前诗词曲的递变，都是跟着通行的乐曲走的。如绝句的歌唱有了泛声，后人填以实字，便成为词，就是一例。先有乐曲的改变，然后才有诗（广义的）体的改变。至于王静安先生《人间词话》所说的"文体通行既久，染指遂多，自成习套。豪杰之士，……故循而作他体"，还是第二因。平伯说将专写一书论此事。他又说新诗的冷落，没有乐曲的基础，怕是致命伤。若不从这方面着眼,这"冷落"许不是"暂时"的。

我想平伯的话不错。但我很奇怪,皮黄代昆曲而兴,为时已久,为什么不曾给诗体以新的影响?若说俚鄙之词,出于伶工之手,为文人所不屑道,那么,词曲的初期也正是一样,何以会成为文学的正体呢?我不能想出一个满意的解释;或者皮黄文句太单调而幼稚,一班文人想不到它们有新体诗的资格吧?据我所记得的,只有钱玄同先生,在从前的《新青年》里,似乎说起过皮黄戏的文学价值;但不久他似乎又取消了自己的意见。他可也没说皮黄可以成为新体诗。而从历史的例子所昭示的,皮黄及近百年一般通行的乐曲,确乎应成为新体诗;若它们真如我所猜,没有具备着这种资格,那么,文学史上便将留下一段可惜的空白了。

皮黄既与新体诗无干,因此论现在的新诗的,才都向歌谣里寻找它的源头。在近几年里,歌谣的研究,已"附庸蔚为大国"了。但歌谣的音乐太简单,词句也不免幼稚,拿它们做新诗的参考则可,拿它们做新诗的源头,或模范,我以为是不够的。说最初的诗就是歌谣,或说一切诗渊源于歌谣,是不错的。但初期的诗直接出于歌谣,后来的便各有所因,歌谣只是远祖罢了。至于现在的新诗,初时大部分出于词曲，《尝试集》是最显著的例子。以后的作者，则似乎受西洋影响的多。所谓西洋影响，内容方面是新的人生观和宇宙观，形式方面是自由诗体。这新的人生观和宇宙观，不幸不久就已用完，重新换上风花雪月，伤春悲秋那些老调；只剩自由诗体存留着。直到去年，闻一多、徐志摩诸先生刊行《诗镌》，才正式反对这自由诗体，而代以格律诗体，也是西洋货色。此外，翻译的日本的小诗，那洒脱的趣味与短小的诗形也给了不少的影响；但后来所存的，也只有形式了。所以新诗彻头彻尾受着外国的影响，与皮黄和歌谣同样是"风马牛不相及"。其后内容方面虽复归于老调，但也只是旧来诗、词、曲里的东西，与皮黄和歌谣仍然无关的。

新诗之没有乐曲的基础，已是显然。它是不是因此失了成立的根据？有人许要说，"是的"。但我想文学史的演进，到这一期，或者是呈着"突变"的状态吧。它留下的一段空白，也许要让新诗给填上。新诗即以形式论，无韵也好，有韵也好，自由体也好，格律体也好，总已给我们增出许多表现自己的方法。我们可以用它们表现旧来诗、词、曲所不能表现的，复杂的现代生活；我们更希望用它们去创造我们的新生活。所以新诗也许不能打倒旧来一切诗、词、曲，但它至少总该能占着与它们同等的地位；我直到现在是这样相信着的。可是，诗的乐曲的基础，到底不容忽略过去；因为从历史上说，从本质上说，诗与音乐的关系，实在太密切了。新诗若有了乐曲的基础，必易人人，必能普及，而它本身的艺术上，也必得着不少的修正和帮助。

有人说，新诗（无论无韵，有韵，自由体，格律体）不便吟诵，也是冷落之一因。这或者是的。为什么新诗不便吟诵？我想，或由于文句的组织，或由于韵的不协调，或由于不知如何吟诵，或竟由于不愿吟诵之成见（新诗不能吟诵，不足吟诵，或不必吟诵之成见）。因前两种缘故，才有人不顾胡适之先生"自然音节"说，而去试创新律，如田汉、陆志韦、徐志摩诸先生都是，平伯在诗的新律（《我们的七月》）一文中已述及。等到《诗镌》出版，这新律运动便有了一定的标准，而且想造成风气了。《诗镌》里颇有几篇文说明这种新律，但我觉朱湘先生《志摩的诗》一文（去年《小说月报》一月号）或者更具体些，虽然此文并非为解释新律而作。这时候有一件事令人注意，便是朱先生读诗会的提议；我可以说，这是从后两种缘故而来的。他在《诗镌》上写了一篇小文，说明读诗的重要，并定下日子与地方，请人去听他读自己的诗。届期他"临时回戏"，大家失望。但不久以后，我却听见他的诵读了。他是用旧戏里丑角的某种道白的调子（我说不清这种调子什么戏里有）读的；那是一种很爽脆的然而很短促的调子。他读了自己的两首诗，都用的这种调子。我想利用这种调子，或旧戏里，大鼓书里其他调子，倒都可行。只是一件，若仅用一种调子去读一切的新诗，怕总是不合式的。这读新诗的事，实甚重要；即使没有下文所要说的唱新诗那样重要，也能增进一般人诵读新诗的兴味，与旧来的"吟诵"不同的兴味，并改进新诗本身的艺术的。可惜后来虽还有人提及此事（见《现代评论》），而读诗会始终没有实现。自然，这也是一种艺术，不是人人能讨好的。

现在我要说唱新诗。将新诗谱为乐曲，并实地去唱，据我所知，直到目下，还只有赵元任先生一人。好几年前，他的《国语留声机片课本》中，便有了新诗的乐谱；我曾从那片子上，听过郑振铎先生《我是少年》一首诗。前年北来至今，又三次听到赵先生的自弹自唱，都是新诗。这三回的印象虽也还好，但似乎不像最近一次有特殊的力量。这回他在一个近千人的会场里，唱了两首新诗；弹琴的是另一个人。这或因他不用分心弹琴之故，或因乐曲之故，或因原诗之故：他唱的确乎是与往日不同。他唱的是刘半农先生的《教我如何不想他？》和徐志摩先生的《海韵》。唱第一首里"如何教我不想他"那叠句，他用了各不相同的调子；这样，每一叠句便能与其上各句的情韵密合无间了。唱第二首里写海涛的句子，他便用汹汹涌涌的声音，使人辣然动念；到了写黄昏的句子，他的声音却又平静下去，我们只觉悄悄的，如晚风吹在脸上。这两首诗，因了赵先生的一唱，在我们心里增加了某种价值，是无疑的。散会后，有人和我说，"赵先生这回唱，增进新诗的价值不少"，这是不错的。

我因此想到，我们得多有赵先生这样的人，得多有这样的乐谱与唱奏。这种新乐曲即使暂时不能像皮黄一般普及于民众，但普及于新生社会和知识阶级，是并不难的。那时新诗便有了音乐的基础；它的价值也便可渐渐确定，成为文学的正体了。但是单有诗篇的唱奏，我想还不够的；我们得有些白话的歌剧，好好地写下来，好好地演起来，那是更有力的影响，也容易普及些——或竟能很快地普及于一般民众，也未可知。说起白话的歌剧，我们极容易想起《葡萄仙子》；它已有了很大的势力，在小学校里和一部分知识阶级的观众里。我惭愧还没有读过这个剧本；但在北平曾一见它的上演，觉得确是很好。不过一个歌剧，决不能撑持我们的局面；况且《葡萄仙子》是儿童的歌剧，我们还得有我们自己的。这种歌剧的成功是可能的，《葡萄仙子》可以作证。

以上说的新诗的音乐化，实在是西洋音乐化（作曲的虽是中国人，但用的是西洋法子）。这是就实际情形立论；本来新诗大部分是西洋的影响，西洋音乐化，于它是很自然的。至于皮黄，本身虽不能成为新体诗，它的音乐，还有大鼓书的音乐（据我所知，大鼓书似有两种唱法，——其细微的派别我可不管，也说不出——像白云鹏，虽然是唱，实在可说是念白，与别人的不同。我上文论读诗可利用大鼓调，便是指此，写到这里，我想大鼓书的文句似比皮黄繁复，它的本身也许可以变成新体诗，与现在的新诗同去填文学史上那股空白，固不仅音调可供我们的利用而已），是不是可以用来唱新诗或新的白话歌剧，我还不能说；我希望有人试一试——若有成绩，就让这皮黄音乐化或大鼓书音乐化，与那西洋音乐化并行不悖，也是很好的。

1927 年 10 月 11 日。

论中国诗的出路

读了两期诗刊，引起一些感想。这些感想也不全然是新的，也不全然是自己的。平常自己乱想，或与朋友谈论：牵涉到中国诗，总有好多不同的意见。现在趁读完诗刊的机会，将这些意见整理一下，写在这里。

近代第一期意识到中国诗该有新的出路人要算是梁任公夏穗卿几位先生。他们提倡所谓"诗界革命"；他们一面在诗里装进他们的政治哲学，一面在诗里引用西籍中的典故，创造新的风格。但诗不是哲学的工具，而新典故比旧典故更难懂；这样他们便失败了。

第二期自然是胡适之先生及其他的白话诗人。这时候大家"多半是无意识的接收外国文学的暗示"，"注重的是白话，不是诗"，诚如梁实秋先生在诗刊中所说。

第三期是民国十四年办晨报诗刊及现在办诗刊的诸位

先生。他们主张创造新的格律；但所做到还只是模仿外国近代诗，在意境上，甚至在音节上。模仿意境，在这过渡时期是免不了的，并且是有益好。模仿音节，却得慎重，不能一概而论。

音节麻烦了每一个诗人，不论新的旧的。从新诗的初期起，音节并未被作诗的人忽略过，如一般守旧的人所想。胡适之先生倡"自然的音节"论（见《谈新诗》），这便是一切自由诗及小诗的根据。从此到闻一多先生"诗的格律"论（见《晨报·诗刊》），中间有不少的关于诗的音节的意见。这以后还有，如陈勺水先生所主张的"有律现代诗"（见《乐群》半月刊第四期）及最近诗刊中诸先生的议论。这可见音节的重要了。

中国诗体的变迁，大抵以民间音乐为枢纽。四言变为乐府，诗变为词，词变为曲，都源于民间乐曲。所以能行远持久，大半便靠这种音乐性，或音乐的根据。这其间也许有外国影响，如胡乐之代替汉乐，及胡适之先生所说吟诵诗文的调子由梵呗而来（见《白话文学史》）之类；但只在音乐方面，不在诗的本体上。还有，词曲兴后，五七言之势并不衰；不但不衰，似乎五七言老是正宗一样。这不一定是偏见；也许中国语的音乐性最宜于五七言。你看九

言诗虽有人做过，都算是一种杂体，毫不发达。（参看《小说月报·中国文学研究》中刘大白先生的论文）（俞平伯先生说）

按照上述的传统，我们的新体诗应该从现在民间流行的，曲调词嬗变出来；如大鼓等似乎就有变为新体诗的资格。但我们的诗人为什么不去模仿民间乐曲（从前倒也有，如招子庸的粤讴，缪莲仙的南词等，但未成为风气），现在都来模仿外国，作毫无音乐的白话诗？这就要看一看外国的影响的力量。在历史上外国对于中国的影响自然不断地有，但力量之大，怕以近代为最。这并不就是奴隶根性；他们进步得快，而我们一向是落后的，要上前去，只有先从效法他们入手。文学也是如此。这种情形之下，外国的影响是不可抵抗的，它的力量超过本国的传统。就新诗而论，无论自由诗，格律诗，（姑用此名）每行之长，大抵多于五七言，甚至为其倍数。在诗词曲及现在的民集乐曲中，是没有这样长的停顿或乐句的。（词曲每顿过七字者极少；在大鼓书通常十字三顿，皮黄剧词亦然。）

这种影响的结果，诗是不能吟诵了。有人说不能吟诵不妨，只要可读可唱就行。新诗的可唱，由赵元任的新诗歌集证明。但那不能证明新诗具有充分音乐性；我们宁可说，赵先生的谱所给的音乐性也许比原诗所具有的多。至于读诗，似乎还没有好的方法。诗刊诸先生似乎也有鉴于此，所以提倡诗的格律。他们的理论有些很可信，但他们的实际，模仿外国诗音节还是主要工作。这到底能不能成功呢？我们且先看看中国语言所受过的外国的影响如何。（本节略采浦江清先生说）

佛经的翻译是中国语言第一次受到外国的影响。梁任公先生有过《佛典翻译与文学》一文（见梁任公近著）详论此事。但华梵语言组织相去悬远，习梵文者又如凤毛麟角，所以语言上虽有很大的影响（佛经翻译，另成新体文字），却一直未能普遍应用。有普遍应用的是翻译文中的许多观念和故事的体裁；故事体后来发展便成小说，重要自不待言。中国语言第二次受到的外国影响，要算日本名辞的输入；日本的句法也偶被采用，但极少。因为报章文学的应用，传播极快；二三十年前的"奇字"如"运动"（受人运动的运动），现在早成了常语。第三次是我们躬自参加的一次，便是新文学运动中白话文欧化的事。这回的欧化起初是在句法上多，后来是在表现（怎样措辞）上多。无论如何，这回传播的快的广，比佛经翻译文体强多了。这里主要的原因是懂得外国文的人多得多了；他们触类旁通，自然容易。大概中国语言本身最不轻易接受外来的影响；句法与表现的变更要有伟大的努力或者方便的环境。至于音节，那是更难变更——不但难，有时竟是不可能的。音节这东西太复杂了，太微妙了，不独这种语言和那种语言不同，一个人的两篇作品，也许会大大地差异；以诗论，往往体格相同之作，音节上会有繁复的变化，如旧体律诗便是如此——特别是七律。

徐志摩先生是试用外国诗的音节到中国诗里最可注意的人。他试用了许多西洋诗体。朱湘先生评志摩的诗一文（见《小说月报》十七卷一号）中曾经列举，都有相当的成功。近来综观他所作，觉得最成功的要算无韵体（Blank Verse）和骈句韵体。他的紧凑与利落，在这两体里表现到最好处。别的如散文体姑不论，如各种奇偶韵体和章韵体，虽因徐先生的诗行短，还能见出相当的效力，但同韵的韵字间距离太长，究竟不能充分发挥韵的作用。韵字间的距离应该如何，自然还不能确说；顾亭林说古诗用韵无隔十字以上者，暂时可供参考。不但章韵体奇偶韵体易有此病，寻常诗行太长，也易有此病。商籁体之所以写不像，原因大部分也在此。梁实秋先生说"用中国话写Sonnet，永远写不像"，我相信。孙大雨先生的商籁（见《诗刊》），诚然是精心结撰的作品，但到底不能算是中国的，不能被中国人消化。徐志摩先生一则说孙先生之作可成定体，再则说商籁可以试验中国语的柔韧性等；但他自己却不做。（据我所知，他只有过一首所谓"变相的十四行诗"）这如何能叫人信？

西洋诗的音节只可相当地采用，因为中国语有它的特质，有时是没法凑合的。创造新格律，却是很重要的事。在现在所有的意见中，我相信闻一多先生的音尺与重音说（见《晨报·诗刊》中《诗的格律》一文及《诗刊》中梁实秋先生的信），可以试行。自然这两种说法也都是从西洋诗来的。我相信将来的诗还当以整齐的诗行为正宗，长短句可以参用；正如五七言为旧诗的正宗一样。采用西洋的音节创造新格律都得倚赖着有天才的人。单是理论一点用也没有。我们要的是作品的证明，作品渐渐多了，也许就真有定体了。

有一种理论家我们也要的。他们是用科学方法研究中国语言的音乐性的。他们能说出平仄声，清浊声，双声叠韵，四等呼，以及其他数不完的种种字音上的玩意，对于我们情感的影响。这种理论的本身虽然也许太烦琐，太死板，但到了一个天才的手里应用起来，于中国诗的前途，

未必没有帮助。(本节采杨今甫先生说)

上文说过新诗不能吟诵,因此几乎没有人能记住一首新诗。固然旧诗中也只近体最便吟诵,最好记,词曲次之,古体又次之;但究竟都能吟诵、能记,与新诗悬殊。新诗的不能吟诵,就表面看,起初似乎因为行不整齐,后来诗行整齐了,又太长;其实,我想,是因为新诗没有完成的格律或音节。但还有最重要的,如胡适之先生《谈新诗》里所说及刘大白先生《中国诗篇里的声调问题》文中所主张,是轻重音代替了平仄音。说得更明白些,旧诗句里的每个字,粗粗地说,是一样的重音,轻音字如"了"字也变成重音;新诗模仿自然的语言,至少也接近自然的语言,轻音字便用得多,轻音字的价值也便显露了。这一种改变,才是新诗不能吟诵的真因;新诗大约只能读和唱,只应该读和唱的。唱诗是以诗去凑合音乐,且非人人所能,姑不论。读诗该怎么着,是我们现在要知道的。赵元任先生在《新诗歌集》里说读诗应按照自然的语气,明白,清朗(大意);曾听见他读《我是少年》等诗,在国语留声机片中。但这是以国语为主,不以诗为主,故不及听他唱新诗的有味。又曾听见朱湘先生读他的《采莲曲》,用旧戏里韵白的调子。这自然是个经济的方法,但显然不是唯一的方法。

用这种方法读诗，似乎还有些味儿。读诗的方法最为当务之急，新诗音节或格律的完成与公认，一半要靠着那些会读的人。这大概也得等待天才，不是尽人所能；但有了会读的人，大家跟着就便容易，不像唱那么难。朱湘先生在民国十五年曾提倡过读诗会（见是年四月《晨报画刊》），可惜没有实行；现在这种读诗会还得多多提倡才行。

在外国影响之下，本国的传统被阻遏了，如上文所说；但这传统是不是就中断或永断了呢？现在我们不敢确言。但我们若有自觉的努力，要接续这个传统，其势也甚顺的。这并非空话。前《大公报》上有一位蜂子先生写了好些真正白话的诗，记载被人忘却的农村里小民的生活。那些诗有些像歌谣，又有点像大鼓调，充满了中国的而且乡土的气息。有人嫌它俗，但却不缺少诗味。可惜蜂子先生的作品久不见了，又没个继起的人。这种努力其实是值得的。

五七言古近体诗乃至词曲是不是还有存在的理由呢？换句话，这些诗体能不能表达我们这时代的思想呢？这问题可以引起许多的辩论。胡适之先生一定是否定的；许多人却徘徊着不能就下断语。这不一定由于迷恋骸骨，他们不信这经过多少时代多少作家锤炼过的诗体完全是中枯骨一般。固然照傅孟真先生的文学的有机成长说（去年在清华讲演)一种文体长成以后,便无生气,只余技巧;技巧越精,领会的越少。但技巧也正是一种趣味;况如宋诗之于唐诗,境界一变,重新,沈曾植比之于外国人开埠头本领(见《石遗室诗话》),可见骸骨运会之谥,也不尽确。"世界革命"诸先生似乎就有开埠头之意。他们虽失败了,但与他们同时的黄遵宪乃至现代的吴芳吉,顾随,徐声越诸先生,向这方面努力的不乏其人,他们都不能说没有相当的成功。他们在旧瓶里装进新酒去。所谓新酒也正是外国玩意儿。这个努力究竟有没有创造时代的成绩,现在还看不透;但有件事不但可以帮助这种努力,并且可以帮助上述的种种;便是大规模地有系统地试译外国诗。

这是本文最末的一个主张。译专集也成,总集也成,译莎士比亚固好,译 Goedeu Lreaxsury 也行。但先译总集或者更方便些。你可以试验种种诗体,旧的新的,因的创的;句法,音节,结构,意境,都给人新鲜的印象。(在外国也许已陈旧了)不懂外国文的人固可有所参考或仿效,懂外国文的人也还可以有所参考或仿效;因为好的翻译是有它独立的生命的。译诗在近代是不断有人在干,苏曼殊便是一个著名的,但规模太小,太零乱,又太少,不能行远持久。要能行远持久,才有作用可见。这是革新我们的诗的一条大路；直接借助于外国文，那一定只有极少数人，而且一定是迂缓的，仿佛羊肠小径一样这还是需要有天才的人；需要精通中外国文，而且愿意贡献大部分甚至全部分生命于这件大业的人。

关于"新诗歌"的问题（给芙影的信）

芙影先生：

《文学》的编辑先生将您的信寄到北平的时候，我想马上写回信，在《文学》第三期里回答您。但是因为要写完一篇稿子，便搁下了，耽误了一个月，真对不起，请原谅罢。

我说《新诗歌》"第二期里的《新谱小放牛》比较好"，正所以表示对于其余作品的不满意——特别对于"回忆之塔"一类过分欧化的暗喻以及那些不顺口的长句不满意。至于说"又回到白话诗初期的自由诗派"，确是"太把形式看重了"，如您所说。您主张"内容支配形式"，结果会一篇诗一个形式。有些人主张形式与内容是二而一，一而二，诗不该有固定的形式，结果也当相同。我觉得后一说比较圆满些。但如何"运用活的内容随时创造出新形式"

呢？是凭各人的才分去乱碰？还是得懂一点音韵的玩意儿？您似乎觉得两样可以并行不悖；我也如此想。但实际上如何下手却非下了手无从知道。前文存而不论，现在我还只能存而不论。

您说"南方的黄包车夫小市民能读报纸及连环图画的就比较北方多"，但北方的洋车夫小市民能读小报的似乎也不少。他们却都未见得能读新诗歌。老实说，我们的话全不免是猜想。有一个朋友说，最好能做些实验的功夫，参照定县的办法；看看大众能够懂得，能够欣赏的到底是那些种东西。这么着便有了具体的标准，免得空口说白话。

您提起"中国的环境"给"费解"的新诗歌辩护。但我所不满意的并非侧面的描写和用比喻，而是不扼要，啰唆，洋味儿。这与"中国的环境"是无干的。

草草作复，谢谢您的信！

佩　弦

附：芙影给编辑的信

编辑先生：

在诗歌被一部分"作家"不承认是文化的单独的一部门的今日（譬如《现代》就不给诗的作者的稿费），朱自清先生的介绍《新诗歌旬刊》是非常有意义的一件事，并且又贡献了许多可宝贵的诗歌大众化的意见出来，补足了新诗歌没被提及的问题。

表面看，文学大众化的呼声好像是低落了，这，原因无他，几个讨论的人，死的死了（如易嘉），活的被撵得鸡飞狗上墙，且无栖息之所，不能无因吧？但也不能就此拉倒。

现在要说的是我同朱先生不同的意见，新诗歌的空洞本用不着我替她遮饰，不过，朱先生是揿住"成见"看她的，假如真如朱先生所说"第二期里的《新谱小放牛》比较好"，无疑的，是新诗歌完全失败了，同时是朱先生太把旧形式看重了，我并不否认一切小曲调在封建文化中占着大众化的首位，但时代是一九三三，"以新的内容利用一切旧的形式创造新形式"，不要忘了。朱先生说"于是又回到白话诗初期的自由诗派"，这是朱先生太把形式看重了，我们要内容支配形式，但不要形式支配了内容；如朱先生认为成功的英国"无韵体"试验者徐志摩君的诗，要是剥去他华丽的外衣，那简直成了一副吓人的骷髅了。这并不是过甚其词，如《新月》诸"诗人"的东西，不怕他们怎样的别出心裁，花样翻新，结果还不是那一套形式与技巧的变幻。再说一遍一切封建的遗产我们都乐得去承受的，但有条件的，批判的，把它当成诗歌大众化的一部门，决不是把它使奉为整个大众化的工具。朱先生说新诗歌上的东西"都是写给一些受过欧化的教育的人看的，与大众相去万里；他们提倡朗读"，"怕也不能教大众听懂"，这是一点也不错，不过朱先生，请你不要忘记在一切发展都不平衡的中国，例如南方的黄包车夫，小市民能读报纸及连环图画的就比较北方多，不见得一定是洋博士才能够读新诗歌。如胡教授的"谈新诗"的遗教，那我们是只好敬谢不敏了。要彻底解答这一问题，那也诚如朱先生所引用的只有作家自己大众化。他们虽不能如朱先生期望之殷，但毕竟他们是一步步向前走着的。

让我再举例来说明吧，如被称为"世界诗人"的培吓尔、白德内衣们几个人的诗就没有固定的形式，他们运用活的内容随时创造出新形式，也并不滞板，比限于"死"

形式的诗，坏就是好例。我的意见是在目前只要有新的内容运用灵活的技巧得当地表现出来也就够了。自然这不是永久的，永久性的，也只有在不断的创造中才有可能。

顺便说一下：蓬子君的诗有几首是好的，如《血腥的风》等，但他在《文学月报》发表的东西显然的是失败了的，没材料，干叫，弄手法。森堡君在新诗人中比较说是最有希望的一个。朱先生嫌他们的作品费解，中国的环境朱先生大概是知道的吧？人民没保障，文人是连猪狗都不如！一针见血的作品可以说就没有发表的可能。

以上只是我个人的意见。

因为不便写字，写来又没头绪，还得请编辑先生和朱先生原谅。

敬祝

撰安！

芙影上

1933年10月1日《文学》1卷4号。

选诗杂记

民国十年和叶圣陶同在杭州教书。有一晚，谈起新诗之盛，觉得该有人出来选汰一下，印一本诗选，作一般年轻创作家的榜样。我们理想的人，是周启明先生。那时新诗已有两种选本，一是《新诗选》，一是《分类白话诗选》（一名《新诗五百首》），但我们都不知道。这回选诗，承赵家璧先生觅寄，方才得见。这两种选本，大约只是杂凑而成，说不上"选"字；难怪当时没人提及。十一年八月，北社的《新诗年选》出版，就像样得多了。书中专选民八的诗；每篇注明出处，并时有评语按语。按语只署"编者"，评语却有粟如、溟泠、愚庵三个名字。据胡适之先生评《草儿》文，愚庵当是康白情先生（文中引康先生评他的诗"自具一种有以异乎人的美"，即《年选》里愚庵评语）。

《年选》后有《一九一九年诗坛略纪》，署名"编者"，其中有云：

> 戊戌以来，文学革命的呼声渐起。至胡适登高一呼，四远响应，而新诗在文学上的正统以立。所谓识时务者为俊杰，可不是么？

又云：

> 最初自誓要作白话诗的是胡适，在一九一六年，当时还不成什么体裁。第一首散文诗而具备新诗的美德的是沈尹默的《月夜》，在一九一七年。继而周作人随刘复作散文诗之后而作《小河》，新诗乃正式成立。最初登载新诗的杂志是《新青年》。《新潮》《每周评论》继之。及到五四运动以后，新诗便风行于海内外的报章杂志了。

所记尚翔实。《月夜》见《新青年》四卷一号，诗云：

> 霜风呼呼的吹着，

> 月光明明的照着，
>
> 我和一株顶高的树并排立着，
>
> 却没有靠着。

愚庵评"其妙处可以意会而不可以言传"；但是我吟味不出。第三行也许说自己的渺小，第四行就不明白。若说的是遗世独立之概，未免不充分——况且只有四行诗，要表现两个主要意思也难。因此这回没有选这首诗。——《年选》所录，在当时算谨严的：他们有时还删节原作。

《年选》以后的新诗选本，还有《时代新声》，那是在民十七了。编者卢冀野先生论新诗的普遍缺点有六：一，不讲求音节，二，无章法，三，不选择字句，四，格式单调，五，材料枯窘，六，修辞掺杂。又说他所谓"新声"的标准云：

> 求其成诵，求其动人，有情感，有想象，有美之形式，蜕化诗之沉着处，词之空灵处，曲之委婉处，以至歌谣鼓词弹词，有可取处，无不采其精华。

这可算得旧诗为体，新诗为用了。这时候新诗已冷落下来，以后便没有选本了；圣陶和我理想的周启明先生也终于不曾动手。

这回《新文学大系》的诗选，会轮到我，实在出乎意外。从前虽然也写过一些诗，民十五《诗镌》出来后，早就洗了手了。郑振铎兄大约因为我曾教过文学研究的功课吧，却让赵家璧先生非将这件事放在我手里不可；甚至说找个人多多帮些忙也成。我想帮忙更是缠夹，还是硬着头皮自己动起手来试试看。本来想春假里弄出些眉目的，可是春假真是一眨眼就过去了；直挨到暑假，两只手又来了个"化学烧"，动不得，耽误了十多天。真正起手在七月半；八月十三日全稿成，经过约一个月。

《大系》样本里需要一点编选感想，又要相片。时间很匆促，便草草将"感想"写出，却未誊清；想着只是排印罢了，想不到会作锌版的。不用说，我的手稿最糟，添注涂改，样样有。相片没有最近单照的，起初未寄；后来也终于寄了，民国十九年的。相片里那条领带早已破了，眼镜也已换了三年整了。"感想"里先说早期新诗理胜于情的多，形式是自由的，所谓"自然的音节"。次说：

　　我们现在编选第一期的诗，大半由于历史的

> 兴趣：我们要看看我们启蒙期诗人努力的痕迹。他们怎样从旧镣铐里解放出来，怎样学习新语言，怎样寻找新世界。

只是"历史的兴趣"而已，说不上什么榜样了。复次说：

> 为了表现时代起见，我们只能选录那些多多少少有点儿新东西的诗。

"新东西"，新材料也是的，新看法也是的，新说法也是的；总之，是旧诗里没有的，至少不大有的。动手的时候并不忘记自己说过的话；假如不曾作到相当地步，那是力不从心，无可奈何的。——最先也是最后的鼓励，是四月间南方来的一封信。那信是一位写过诗的人写的。他送诗集给我，和我商量选录的事；他似乎很看重选诗的工作，这是可感谢的。

原先拟的规模大得多。想着有集子的都得看；期刊中《小说月报》《创造季刊》《周报月刊》《诗》《每周评论》《星期评论》《晨报副刊》《时事新报·学灯》《民国日报·觉悟》，也都想看。那时生怕最早的《晨报副刊》

得不着，我爱那上面圣陶北行时念家的两首小诗亲切有味。圣陶本来有这副刊，在上海时让我弄散失了；虽是十五年前的事，想起来还怪可惜的。《觉悟》在北平也很难得，自己倒有一份，却尘封在白马湖一间屋顶上。很想借此南行，将那一箱破书取回来；但路费太大，又不能教出版家认账，只算胡思乱想罢了。《每周评论》我原也有，不知那一年给谁借走了，一直没回来。暑中去看周启明先生，他却有一份全的；他说适之先生也有一份。第三份大约就找不出了。我的《星期评论》也在南方，但前年在冷摊上买着了半份，还可对付着。

清华大学图书馆收的新诗集真不少，我全借了出来。又查《开明》上载过的诗蠡所作新诗集目录和别人所补的，加上开明版《全国出版物总目录》里所载的；凡清华未收各集，都想买来看看。但是看见周启明先生的时候，他说他选散文，不能遍读各刊物；他想那么办非得一年，至少一年。那天周先生借给我许多新诗集；又答允借《每周评论》《晨报副刊》，——自己拿不了，说定派人去取。但是回来一核计，照我原拟的规模，至少也得三五个月，那显然不成。况且诗集怕也搜不齐；《觉悟》虽由赵家璧先生代借了一些，但太少。——赵先生寄的《玄庐文存》《新诗选》《分类白话诗选》，却是我未见过的书。《新诗选》我没有用，别的都用了。有了《新诗年选》和《分类白话诗选》，《新青年》《新潮》和《少年中国》里没有集子的作者，如沈尹默先生等，便不致遗漏了；像《三弦》等诗，是不该遗漏的。凭着这两本书和我那"新文学纲要"的破讲义，我变更了计划。

我决定用我那破讲义作底子，扩大范围，凭主观选出若干集子来看，期刊却只用《诗》月刊和《晨报诗镌》。这么着大刀阔斧一来，《诗集》才选成了；要不然的话，咳，等着瞧吧！就这么着，那一两本手边没有的新诗集，买起来也够别扭的。譬如于赓虞先生的《骷髅上的蔷薇》，我托了两家书店，自己也走了几处；好容易一家书店才在景山书社找着了，据说只有这一本了。所好者新书店不敲竹杠，虽然孤本，还只卖原价，两毛来钱——大约按新书说，这种孤本，不打折扣卖出，就算赚了吧。最奇怪的，新月版《志摩的诗》也买不着！但更奇怪的，我教新文学研究，怎么会连这本书也没有呢？其实我有；现代评论社版我也有，可是借的别人的，长久不还，便归自己了。这两本书却让一个人先后借去；后来问起他，直摇头笑着说"没借"。他书是丢了，事情是忘了，只有摇头和笑是确实的。按现代版那本说，算是"悖而入者亦悖而出"；按新月版那本说，只好算是"人弓人得"了。但是我要用是真的，还亏闻一多兄在他的"书桌"上找到了一本；我原想看看它与现代版的文字异同。但一看，一样，满一样；自己笑自己，真是白费事。还有邵洵美先生的《天堂与五月》，到底没有找着。赵家璧先生来信说上海也没有。清华有，丢了。我托李健吾先生问过沈从文先生，同时自己写信去；他写过"我们怎样去读新诗"，该有这本书，我想——有是有的，可是，早让谁拿走了。所好的《花一般的罪恶》里还存着《天堂与五月》的诗。这样选出了三十一家，五十种集子（也有看而未选的）；连两种期刊里所录的，共五十九家，诗四百〇八首。

这两种期刊里，《晨报诗镌》人人知道，不用说；《诗》月刊怕早被人忘了。这是刘延陵、俞平伯、圣陶和我几个人办的；承左舜生先生的帮助，中华书局给我们印行。那时大约也销到一千外。刘梦苇和冯文炳（废名）二位先生都投过稿。几个人里最热心的是延陵，他费的心思和工夫最多。这刊物原用"中国新诗社"名义，时在民国十一年，后来改为"文学研究会刊物之一"，因为我们四个人都是文学研究会会员。刊物办到七期为止；结束的情形却记不甚清了。从周启明先生《论小诗》一文,和这刊物里,我注意了何植三先生。他《农家的草紫》中的小诗,别有风味,我说是小诗里我最爱的。

这回选诗,采取编年办法,详细条例另见。略感困难的是各家集中不但不一定编年排列,并且有全不记年月的。这里颇用了些工夫作小小的考证;也许小题大做,我却只是行其心之所安吧了。《大系》各集例有导言,我先写的是诗话。为的是自己对于诗学判断力还不足,多引些别人,也许妥当些。写导言的时候,怕空话多,不敢放手,只写了五千来字就打住,但要说的已尽于此,并无遗憾。这其间参考了些旧材料;其中也有自己《论新诗》一文,看看辞繁意少,真有悔其少作之意。也有"草川未雨"的《中国新诗坛的昨日今日和明日》,那么厚一本书,我却用不上只字。倒是 Poetry 杂志中 Acton 论中国现代诗文中有些评徐志摩先生的话很好。说也凑巧,林庚先生将那本杂志送给王了一先生,王先生借给我,就用上了。——这回所选的诗,也有作家已经删去的。如适之先生的《一念》,虽然浅显,却清新可爱,旧诗里没这种,他虽删,我却选了。

1935 年 9 月 8 日。

闻一多先生与新诗

今天是新诗社三周年的纪念日,闻一多先生又是新诗社的导师,所以我选择这个题目来讲。

闻先生是一位爱国诗人,二十年以前,他是"新月派"的诗人,但是在诗的意见上,闻先生并不完全和他们相同。当时徐志摩就不大赞成闻先生的爱国诗,觉得那是太狭义了。可是闻先生仍旧热诚地去创作这方面的新诗。我曾经说过,闻先生是当时新诗作家中唯一的爱国诗人,他活着的时候,对这批评,觉得很正确。

他的诗集《死水》中,有许多是爱国诗。《洗衣歌》是写华侨在美国洗衣并不是下贱的工作,而是要洗去污秽。这对华侨是很好的鼓励。从另一方面说,他很早就是一个写实的诗人,"新月派"为艺术而艺术,但闻先生不是。他虽然也歌颂恋爱,可是并不多。他描写死水的丑恶,使人明白之后，而能取消这丑恶，可见他对现实的关心比别人深。在人道主义的作品上，闻先生写得更为具体，如《荒村》序中，他记载的是对一大群人的苦难的同情，而不是对于一个人。

在闻先生遭杀害的前两年，对诗的看法就已经变了。他对《红烛》非常不满，而且很懊悔，甚至不愿承认是他作的。那是带有唯美派写法的诗。但写《红烛》时，正当"五四"时代，脱离旧礼教束缚，而走向浪漫的发展；《死水》却是写在兵荒马乱时，所以写了丑恶、霉湿、阴暗，因为当时是那样的一个时代。他深切地感到那压迫，他要揭发出来，由那里得到新的生活。这与徐志摩的感觉不一样。

对中国传统的看法，他一向最赞美人民的诗人杜甫。因为杜甫这位作家最关心人民的痛苦，例如当时征兵的痛苦，并能在诗中表现出来。"朱门酒肉臭，路有冻死骨"，也是千古不朽的名句。这说明了他对人生的热爱和对统治者的反抗。他本想做宰相来拯救人民脱离痛苦，但是没有达到目的。闻先生是最推崇杜甫的，虽然也有人反对杜甫，说他不能超然，可见闻先生与杜甫的这种人生态度是一致的。

律诗从唐兴起，一向无人怀疑它是中国诗中的精萃诗体，可是闻先生开始怀疑了。他认为古诗是接近人民的，而律诗则发展得不健康。在"新月派"时期，他写诗固然也有格律，可是后来改变了，他的新诗多半揭发着丑恶。他在昆明讲诗与舞时说，诗和原始人、小孩、疯人是一样的，是一种力的表现。他最讨厌柔得没劲的诗，也不欢喜"词"中的那种靡靡之音。他说力量的表现是在团体中，原始人举火把歌舞是一种力量。所以他要的是粗线条的诗。他提倡田间的诗，他说那像鼓声一样，不是弦乐，而是刺激的情调。

对诗的批评方面，他说新诗越写越纤细，使人们都不容易懂了，所以，应该作粗线条的诗。不管是诗也好，诉之大众的也好，不叫诗也好，总之，要以新的尺度去创造新诗，并从理论上把它建立起来。

闻先生很喜欢朗诵诗。在昆明西南联大，有一次他朗诵艾青的《大堰河》，这首诗是艾青早年的作品，是怀念一个奶妈的诗，写得并不顶好。可是由于闻先生那适于大庭广众的声调，却把作者原来没能表现出的意思都朗诵出来了。

卅一年，他写了八首诗，是写八位教授的，我见过一首、作风改变得很厉害，是自由的诗体。在他未死前，曾想把《楚辞》中的《九歌》现代化，写成歌舞剧体，把农民耕种的艰难苦痛写出来，预备要在"诗人节"写好。可是，他没能实现这个愿望，就被刺了。（这部遗稿正在运北平途中）

他的态度是一贯诉诸大众的，帮助大众进步的。他在"新月派"时代也曾宣言不愿忘记了大众。《静夜》一首诗里，他写出了家庭中的幸福和安适，但他说，他不能受幸福的贿赂，而忘记了苦难的一群。他始终愿意做一个人民的诗人。

今天的诗

——介绍何达的诗集《我们开会》

多少年来大家常在讨论诗的道路,甚至于出路。讨论出路,多少是在担心诗没有出路,其实诗何至于没有出路呢?抗战以后,诗又像五四时代流行起来了,出路似乎可以不必担心了,但是什么道路呢?什么方向呢?大家却还看不准。抗战结束了,开始了一个更其动乱的时代。这时代需要诗,更其需要朗诵诗。三年了,生活越来越尖锐化,诗也越来越尖锐化。不论你伤脑筋与否,你可以看出今天的诗是以朗诵诗为主调的,作者主要的是青年代。所谓以朗诵诗为主调,不是说只有朗诵诗,或诗都能朗诵,我们不希望诗的道路那么窄。这只是说朗诵以外的诗,除掉不为了朗诵,不适于朗诵之外,态度和朗诵诗是一致的,这却也不是说这些诗都是从朗诵诗蜕变的,它们和朗诵诗起先平行发展，后来就归到一条路上来了，因为大家的生活渐渐归到一条路上来了。

闻一多先生在《文学的历史动向》里论到"新诗的前途"，说"至少让它多像点小说戏剧，少像点诗"。现在的朗诵诗有时候需要化装，确乎是戏剧化。这种大概是讽刺诗，模仿口气也就需要模仿神气，所以宜于化装。但是更多的朗诵诗是在要求行动，指导行动，那就需要散文化、杂文化、说话化，也就不像传统的诗。根本的不同在于传统诗的中心是"我"，朗诵诗没有"我"，有"我们"，没有中心，有集团。这是诗的革命，也可以说是革命的诗。本集的作者何达同学指出今天青年代的诗都在发展这个"我们"而扬弃那个"我"，不管朗诵不朗诵。他的话大概是不错的。这也可以说是由量变到质变的路。田间先生最先走上这条路。后来像绿原先生《童话》里《这一次》一首里：

我们召唤

…………

我们将有

一次像潮水的集合

像鲁藜先生《醒来的时候》里《青春曲》一首里：

春天呀，
你烧灼着太行山，
你烧灼着我们青春的胸部呀！

也都表示着这种进展。

近来青勃先生《号角在哭泣》里有一首《叩》，第二段是：

人民越来越多
紧闭的门外
人民的愤怒
一秒钟比一秒钟高扬
人民的力量
一秒钟比一秒钟壮大
等他们
在门外爆炸
一片宫殿便会变成旷场

作者是在这"人民"之中的,"人民"其实就等于"我们"了。传统诗有"我",所以强调孤立的个性,强调独特的生活,所以有了贵族性的诗人。青年代却要扬弃这种诗人。何达在《我们不是"诗人"》里说:

> "诗人"们啊
> 你们的灵魂发酸了
> 你们玩弄着自己的思想
> 别人玩弄着你们的语言
> 闲着两只手
> 什么也不做
> ——滚你们的蛋吧!

诗人做了诗人,就有一个诗人的圈子将他圈在里头。不论他歌唱的是打倒礼教、人道主义、爱和死、享乐和敏感,或是折磨和信仰,却总是划在一道圈子里,躲在一个角落里,不能打开了自己,不能像何达说的"火一样地公开了自己"(《无题》)。这种诗人的感兴和主题往往是从读书甚至于读诗来的。读书或读诗固然也是生活,但是和衣、食、住的现实生活究竟隔了一层。目下大家得在现实生活里挣扎和战斗。所以何达说：

> 我们的诗
> 只是铁匠的
> 　"榔头"
> 木匠的
> 　"锯"
> 农人的
> 　"锄头"
> 士兵的
> 　"枪"（《我们不是"诗人"》）

这样抹掉了"诗人"的圈子，走到人民的队伍里，用诗做工具和武器去参加那集体的生活的斗争，是现在的青年代。

"我们"替代了"我"，"我们"的语言也替代了"我"的语言。传统的诗人要创造自己的语言，用奇幻的联想创造比喻或形象，用复杂而曲折的组织传达情意，结果是了解和欣赏诗的越来越少。所以现在的诗的语言第一是要回到朴素，回到自然。这却并不是回到传统的民间形式，那往往是落后的贫乏而浮夸的语言。这只是回到自己口头的语言，自己的集团里的说话。有时候从生活的接触里学习了熟悉了别的集团的说话，也在适当的机会里使用着。总而言之，诗是一种说话，照着嘴里说得出的，至少说起来不太别扭地写出来，大概没有错儿。新鲜的形象还是要的，经济的组织也还是要的，不然就容易成为庸俗的散漫的东西。但是要以自己的说话做标准，要念起来不老是结结巴巴的，至少还要自己的集团里的人听起来一听就懂。换句话说，诗的语言总要念得上口才成。许多青年人的诗已经向着这个方向走。这就是朴素和自然。但是诗既然分了行，到底是诗，自然尽管自然，匀称还是要匀称的，不过不可机械化就是了。自然和朴素使得诗行简短，容易集中些，容易完整些。民间形式里的重叠，若是活泼的变化的应用，也有同样的效果。何达有一首《我们的话》，是简短而"干脆"的话，同时是简短而"干脆"的形象化的诗。

我们要说一种话
干脆得
像机关枪在打靶
一个字一个字

就是那一颗颗

火红的曳光弹

瞄得好准

今天的诗既然以朗诵诗为主调,歌唱的主题自然是差不多的。朗诵诗的主题可以说有讽刺、控诉和行动三个,而强调的是第一个第三个。其他的诗却似乎在强调着第一个第二个。这也是很自然的。朗诵诗诉诸群众,控诉和行动是一拍就合的。其他的诗不能如此,所以就偏向前两个主题上去了。讽刺诗容易夸张而不真切,无论朗诵或默读,往往会弄到只博得人们的一笑,不给留下回味。要能够恰如其分的严肃就好。控诉诗现在似乎集中在农民或农村的纪实——这种苦难和迫害的纪实,实在是些控诉的言词,控诉那帮制造苦难和施行迫害的人,提醒大家对于他们的憎恨。给都市的被压迫者控诉的诗却还不多。本集里的《兵士们的家信》《黄包车夫》《一个少女的经历》提供了一些例子。闻一多先生要让诗"多像点小说戏剧",这种纪实的控诉的诗,不正有点像小说么?他的预言是不错的。

行动诗在一两年来大学生的各种诗刊里常见,大概都是为了朗诵做的。朗诵诗的作用在讽刺或说教,说服或打气，它诉诸听觉，不容人们停下来多想，所以不宜于多用形象，碎用形象，也不宜于比较平静的纪实。同样的理由，它要求说尽，要求沉着痛快。可是，假如讽刺流于漫骂，夸张到了过火，一发无余，留给听众做的工作就未免太少，也许倒会引起懒惰和疲倦来的。朗诵诗以外其他的诗，那些形象诗和纪实诗是供人默读的，主要的还得诉诸视觉，它们得有新鲜的形象，比朗诵诗更经济的组织，来暗示，让读者有机会来运用想象力。本集里的《我们开会》一首行动诗，朗诵起来效果大概不大，因为不够动的，不够劲的，可是不失为一首好的形象诗，因为表现出来"团结就是力量"。

我们开会
我们的视线
像车辐
集中在一个轴心

我们开会
我们的背
都向外

砌成一座堡垒

我们开会
我们的灵魂
紧紧地
拧成一根巨绳

面对着
共同的命运
我们开着会
就变成一个巨人

"团结就是力量"。何达在《我们不是"诗人"》的结尾说：

我们
要求着
　"工作"
热爱着
　"工作"
需要诗

> 我们才写诗
> 需要生命
> 就交出
> 我们的生命

"工作"就是团结,为了团结"交出""生命",青年代是有着这样自负的。青勃先生说:

> 要死
> 死在敌人的枪弹下
> 把胸膛给兄弟们作桥板(《生死篇》)

鲁藜先生也说:

> 把自己当作泥土吧
> 让众人把你踩成一条道路(《泥土》,《泥土》第一辑)

本集里的《无题》也许可以综合地说明今天的诗:

对于这个时代

我

　是一个"人证"

我的诗

　是"物证"

这个"我"只是"我们"的代言人。的确,诗是跟着时代,又领着时代的。

1947年。

新诗的进步

在《新文学大系·诗集》《导言》末尾,我说:"若要强立名目,这十年来的诗坛就不妨分为三派:自由诗派,格律诗派,象征诗派。"有一位老师不赞成这个分法,他实在不喜欢象征派的诗,说是不好懂。有一位朋友,赞成这个分法,但我的按而不断,他却不以为然。他说这三派一派比一派强,是在进步着的,《导言》里该指出来。他的话不错,新诗是在进步着的。许多人看着作新诗读新诗的人不如十几年前多,而书店老板也不欢迎新诗集,因而就悲观起来,说新诗不行了,前面没有路。路是有的,但得慢慢儿开辟。只靠一二十年工夫便想开辟出到诗国的康庄新道,未免太急性儿。

这几年来我们已看出一点路向。《〈大系·诗集〉编选感想》里我说要看看启蒙期诗人"怎样从旧镣铐里解放出来,怎样学习新语言,怎样寻找新世界"。但是白话的传统太贫乏,旧诗的传统太顽固,自由诗派的语言大抵熟套多而创作少(闻一多先生在什么地方说新诗的比喻太平凡,正是此意),境界也只是男女和愁叹,差不多千篇一律;咏男女自然和旧诗不同,可是大家都泛泛着笔,也就成了套子。当然有例外,郭沫若先生歌咏大自然,是最特出的。格律诗派的爱情诗,不是纪实的而是理想的爱情诗,至少在中国诗里是新的;他们的奇丽的譬喻——即使不全是新创的——也增富了我们的语言。徐志摩、闻一多两位先生是代表。从这里再进一步,便到了象征诗派。象征诗派要表现的是些微妙的情境,比喻是他们的生命;但是"远取譬"而不是"近取譬"。所谓远近不指比喻的材料而指比喻的方法;他们能在普通人以为不同的事物中间看出同来。他们发现事物间的新关系,并且用最经济的方法将这关系组织成诗;所谓"最经济的"就是将一些联络的字句省掉,让读者运用自己的想象力搭起桥来。没有看惯的只觉得一盘散沙,但实在不是沙,是有机体。要看出有机体,得有相当的修养与训练,看懂了才能说作得好坏——坏的自然有。

另一方面,从新诗运动开始,就有社会主义倾向的诗。旧诗里原有叙述民间疾苦的诗,并有人象白居易,主张只有这种诗才是诗。可是新诗人的立场不同,不是从上层往下看，是与劳苦的人站在一层而代他们说话——虽然只是理论上如此。这一面也有进步。初期新诗人大约对于劳苦的人实生活知道的太少，只凭着信仰的理论或主义发挥，所以不免是概念的，空架子，没力量。近年来乡村运动兴起，乡村的生活实相渐渐被人注意，这才有了有血有肉的以农村为题材的诗。臧克家先生可为代表。概念诗唯恐其空，所以话不厌详，而越详越觉啰唆。象臧先生的诗，就经济得多。他知道节省文字，运用比喻，以暗示代替说明。

现在似乎有些人不承认这类诗是诗，以为必得表现微妙的情境的才是的。另一些人却以为象征诗派的诗只是玩意儿，于人生毫无益处。这种争论原是多少年解不开的旧连环。就事实上看，表现劳苦生活的诗与非表现劳苦生活的诗历来就并存着，将来也不见得会让一类诗独霸。那么，何不将诗的定义放宽些，将两类兼容并包，放弃了正统意念，省了些无效果的争执呢？从前唐诗派与宋诗派之争辩，是从另一角度着眼。唐诗派说唐以后无诗，宋诗派却说宋诗是新诗。唐诗派的意念也太狭窄，扩大些就不成问题了。

           1936 年。

解　诗

今年上半年，有好些位先生讨论诗的传达问题。有些说诗应该明白清楚；有些说，诗有时候不能也不必象散文一样明白清楚。关于这问题，朱孟实先生《心理上个别的差异与诗的欣赏》（二十五年十一月一日《大公报·文艺》）确是持平之论。但我所注意的是他们举过的传达的例子。诗的传达，和比喻及组织关系甚大。诗人的譬喻要新创，至少变故为新，组织也总要新，要变。因为就觉得不习惯，难懂了。其实大部分的诗，细心看几遍，也便可明白的。

譬如灵雨先生在《自由评论》十六期所举林徽音女士《别丢掉》一诗（原诗见二十五年三月十五日天津《大公报》）：

别丢掉

这一把过往的热情,

现在流水似的,

轻轻

在幽冷的山泉底,

在黑夜,在松林,

叹息似的渺茫,

你仍要保存着那真!

一样是月明,

一样是隔山灯火,

满天的星,

只有人不见,

梦似的挂起,

你问黑夜要回

那一句话——

你仍得相信

山谷中留着

有那回音!

这是一首理想的爱情诗,托为当事人的一造向另一造的说话；说你"别丢掉""过往的热情"，那热情"现在"虽然"渺茫"了，可是"你仍要保存着那真"。三行至七行是一个显喻，以"流水"的"轻轻""叹息"比"热情"的"渺茫"；但诗里"渺茫"似乎是形容词。下文说"月明"（明月），"隔山灯火"，"满天的星"，和往日两人同在时还是"一样"，只是你却不在了，这"月"，这些"灯火"，这些"星"，只"梦似的挂起"而已。你当时说过"我爱你"这一句话，虽没第三人听见，却有"黑夜"听见；你想"要回那一句话"，你可以"问黑夜要回那一句话"。但是"黑夜"肯了，"山谷中留着有那回音"，你的话还是要不回的。总而言之，我还恋着你。"黑夜"可以听话，是一个隐喻。第一二行和第八行本来是一句话的两种说法，只因"流水"那个长比喻，又带着转了个弯儿，便容易把读者绕住了。"梦似的挂起"本来指明月灯火和星，却插了"只有'人'不见"一语，也容易教读者看错了主词。但这一点技巧的运用，作者是应该有权利的。

邵洵美先生在《人言周刊》三卷二号里举过的《距离的组织》一首诗，最可见出上文说的经济的组织方法。这是卞之琳先生《鱼目集》中的一篇。《鱼目集》里有几篇诗的确难懂，像《圆宝盒》，曾经刘西渭先生和卞先生往复讨论，我大胆说，那首诗表现得怕不充分。至于《距离的组织》，却想试为解说，因为这实在是个合适的例子。

> 想独上高楼读一遍"罗马兴亡史"，
> 忽有罗马灭亡星出现在报上。
> 报纸落，地图开，因想起远人的嘱咐。
> 寄来的风景也暮色苍茫了。
> （醒来天欲暮，无聊，一访友人罢。）
> 灰色的天，灰色的海，灰色的路。
> 哪儿了？我又不会向灯下验一把土。
> 忽听得一千重门外有自己的名字。
> 好累啊！我的盆舟没有人戏弄吗？
> 友人带来了雪意和五点钟。

这诗所叙的事只是午梦。平常想着中国情形有点像罗马衰亡的时候，一般人都醉生梦死的；看报，报上记着罗马灭亡时的星，星光现在才传到地球上（原有注）。睡着了，报纸落在地下，梦中好像在打开"远"方的罗马地图来看，忽然想起"远"方（外国）友人来了，想起他的信来了。他的信附寄着风景片，是"灰色的天，灰色的海，灰色的路"的暮色图；这时候自己模模糊糊的好象就在那"灰色的天，灰色的海，灰色的路"里走着。天黑了，不知到了哪儿，却又没有《大公报》所记王同春的本事，只消抓一把土向灯一瞧就知道什么地方（原有注）。忽然听见有人叫自己名字，由远而近，这一来可醒了。好累呵，却不觉得是梦，好象自己施展了法术，在短时间渡了大海来着；这就想起了《聊斋志异》里记白莲教徒的事，那人出门时将草舟放在水盆里，门人戏弄了一下，他回来就责备门人，说过海时翻了船（原有注）。这里说：太累了，别是过海时费力驶船之故罢。等醒定了，才知道有朋友来访。这朋友也午睡来着，"醒来天欲暮，无聊，一访友人罢。"这就来访问了。来了就叫自己的名字，叫醒了自己。"醒来天欲暮"一行在括弧里，表明是另一人，也就是末行那"友人"。插在第四六两行间，见出自己直睡到"天欲暮"，而风景片中也正好象"欲暮"的"天"，这样梦与真实便融成一片；再说这一行是就醒了的缘由，插在此处，所谓蛛丝马迹。醒时是五点钟，要下雪似的，还是和梦中景色，也就是远人寄来的风景片一样。这篇诗是零乱的诗境，可又是一个复杂的有机体,将时间空间的远距离用联想组织在短短的午梦和小小的篇幅里。这是一种解放,一种自由,同时又是一种情思的操练,是艺术给我们的。

1936 年。

诗与感觉

诗也许比别的文艺形式更依靠想象；所谓远，所谓深，所谓近，所谓妙，都是就想象的范围和程度而言。想象的素材是感觉，怎样玲珑缥缈的空中楼阁都建筑在感觉上。感觉人人有，可是或敏锐，或迟钝，因而有精粗之别。而各个感觉间交互错综的关系，千变万化，不容易把捉，这些往往是稍纵即逝的。偶尔把捉着了，要将这些组织起来，成功一种可以给人看的样式，又得有一番功夫了，一副本领。这里所谓可以给人看的样式便是诗。

从这个立场看新诗，初期的作者似乎只在大自然和人生的悲剧里去寻找诗的感觉。大自然和人生的悲剧是诗的丰富的泉源，而且一向如此，传统如此。这些是无尽宝藏，只要眼明手快，随时可以得到新东西。但是花和光固然是诗，花和光以外也还有诗，那阴暗，潮湿，甚至霉腐的角落儿上,正有着许多未发现的诗。实际的爱固然是诗,假设的爱也是诗。山水田野里固然有诗,灯红酒醁里固然有诗,任一些颜色、一些声音、一些香气、一些味觉、一些触觉,也都可以有诗。惊心怵目的生活里固然有诗,平淡的日常生活里也有诗。发现这些未发现的诗,第一步得靠敏锐的感觉,诗人的触角得穿透熟悉的表面向未经人到的底里去。那儿有的是新鲜的东西。闻一多、徐志摩、李金发、姚蓬子、冯乃超、戴望舒各位先生都曾分别向这方面努力。而卞之琳、冯至两位先生更专向这方面发展;他们走得更远些。

假如我们说冯先生是在平淡的日常生活里发现了诗,我们可以说卞先生是在微细的琐屑的事物里发现了诗。他的《十年诗草》里处处都是例子,但这里只能举一两首。

淘气的孩子,有办法:
叫游鱼啮你的素足,
叫黄鹂啄你的指甲,
野蔷薇牵你的衣角……

白蝴蝶最懂色香味,

寻访你午睡的口脂。
我窥候你渴饮泉水,
取笑你吻了你自己。

我这八阵图好不好?
你笑笑,可有点不妙,
我知道你还有花样!

哈哈!到底算谁胜利?
你在我对面的墙上
写下了"我真是淘气"。(《淘气》,《装饰集》)

这是十四行诗。三四段里活泼的调子。这变换了一般十四行诗的严肃,却有它的新鲜处。这是情诗,蕴藏在"淘气"这件微琐的事里。游鱼的啮、黄鹂的啄、野蔷薇的牵、白蝴蝶的寻访,"你吻了你自己",便是所谓"八阵图";而游鱼、黄鹂、野蔷薇、白蝴蝶都是"我""叫"它们去做这样那样的,"你吻了你自己",也是"我"在"窥候"着的,"我这八阵图"便是治"淘气的孩子"——"你"——的"办法"了。那"啮",那"啄",那"牵",那"寻

访",甚至于那"吻",都是那"我"有意安排的,那"我"其实在分享着这些感觉。陶渊明《闲情赋》里道:

> 愿在丝而为履,附素足以周旋;
> 悲行止之有节,空委弃于床前。
> 愿在昼而为影,常依形而西东;
> 悲高树之多阴,慨有时而不同。

感觉也够敏锐的。那亲近的愿心其实跟本诗一样,不过一个来得迫切,一个来得从容罢了。"你吻了你自己"也就是"你的影子吻了你";游鱼、黄鹂、野蔷薇、白蝴蝶也都是那"你"的影子。凭着从游鱼等等得到的感觉去想象"你";或从"你"得到的感觉叫"我"想象游鱼等等;而"我"又"叫"游鱼等等去做这个那个,"我"便也分享这个那个。这已经是高度的交互错综,而"我"还分享着"淘气"。"你""写下了""我真是淘气",是"你""真是淘气",可是"我对面"读这句话,便成了"'我'真是淘气"了。那治"淘气的孩子"——"你"——的"八阵图",到底也治了"我"自己。"到底算谁胜利?"瞧"我"为了"你"这么颠颠倒倒的!这一个回环复沓不是钟摆似的来往，而是螺旋似的钻进人心里。

《白螺壳》诗（《装饰集》）里的"你""我"也是交互错综的一例。

> 空灵的白螺壳，你，
> 孔眼里不留纤尘，
> 漏到了我的手里，
> 却有一千种感情：
> 掌心里波涛汹涌，
> 我感叹你的神工，
> 你的慧心啊，大海，
> 你细到可以穿珠！
> 可是我也禁不住：
> 你这个洁癖啊，唉！（第一段）
>
> 玲珑，白螺壳，我？
> 大海送我到海滩，
> 万一落到人掌握，
> 愿得原始人喜欢，
> 换一只山羊还差

三十分之二十八；

倒是值一只蟠桃。

怕给多思者捡起，

空灵的白螺壳，你

卷起了我的愁潮！（第三段）

这是理想的人生（爱情也在其中），蕴藏在一个微琐的白螺壳里。"空灵的白螺壳""却有一千种感情"，象征着那理想的人生——"你"。"你的神工"，"你的慧心"的"你"是"大海"，"你细到可以穿珠"的"你"又是"慧心"；而这些又同时就是那"你"。"我"？"大海送我到海滩"的"我"，是代白螺壳自称，还是那"你"。最愿老是在海滩上，"万一落到人掌握"，也只"愿得原始人喜欢"，因为自己一点用处没有——换山羊不成，"值一只蟠桃"，只是说一点用处没有。原始人有那股劲儿，不让现实纠缠着，所以不在乎这个。只"怕给多思者捡起"，怕落到那"我的手里"。可是那"多思者"的"我""捡起"来了，于是乎只有叹息："你卷起了我的愁潮！""愁潮"是现实和理想的冲突；而"潮"原是属于"大海"的。

请看这一湖烟雨
水一样把我浸透,
象浸透一片鸟羽。
我仿佛一所小楼
风穿过,柳絮穿过,
燕子穿过象穿梭,
楼中也许有珍本,
书叶给银鱼穿织
从爱字通到哀字——
出脱空华不就成!(第二段)

我梦见你的阑珊:
檐溜滴穿的石阶,
绳子锯缺的井栏……
时间磨透于忍耐!
黄色还诸小鸡雏,
青色还诸小碧梧,
玫瑰色还诸玫瑰,
可是你回顾道旁,
柔嫩的蔷薇刺上

还挂着你的宿泪。(第四段完)

从"波涛汹涌"的"大海"想到"一湖烟雨",太容易"浸透"的是那"一片鸟羽"。从"一湖烟雨"想到"一所小楼",从"穿珠"想到"风穿过,柳絮穿过,燕子穿过象穿梭",以及"书叶给银鱼穿织";而"珍本"又是从藏书楼想到的。"从爱字通到哀字","一片鸟羽"也罢,"一所小楼"也罢,"楼中也许有"的"珍本"也罢,"出脱空华(花)",一场春梦!虽然"时间磨透于忍耐",还只"梦见你的阑珊"。于是"黄色还诸小鸡雏……","你"是"你",现实是现实,一切还是一切。可是"柔嫩的蔷薇刺上"带着宿雨,那是"你的宿泪"。"你""有一千种感情",只落得一副眼泪;这又有什么用呢?那"宿泪"终于会干枯的。这首诗和前一首都不显示从感觉生想象的痕迹,看去只是想象中一些感觉,安排成功复杂的样式。——"黄色还诸小鸡雏"等三行可以和冯至先生的

> 铜炉在向往深山的矿苗,
> 瓷壶在向往江边的陶泥,
> 它们都象风雨中的飞鸟

各自东西。(《十四行集》,二一)

对照着看,很有意思。

《白螺壳》诗共四段,每段十行,每行一个单音节,三个双音节,共四个音节。这和前一首都是所谓"匀称""均齐"的形式。卞先生是最努力创造并输入诗的形式的人,《十年诗草》里存着的自由诗很少,大部分是种种形式的试验,他的试验可以说是成功的。他的自由诗也写得紧凑,不太参差,也见出感觉的敏锐来,《距离的组织》便是一例。他的《三秋草》里还有一首《过路居》,描写北平一间人力车夫的茶馆,也是自由诗,那些短而精悍的诗行由会话组成,见出平淡的生活里蕴藏着的悲喜剧。那是近乎人道主义的诗。

1943 年。

诗与哲理

新诗的初期,说理是主调之一。新诗的开创人胡适之先生就提倡以诗说理,《尝试集》里说理诗似乎不少。俞平伯先生也爱在诗里说理;胡先生评他的诗,说他想兼差作哲学家。郭沫若先生歌颂大爱,歌颂"动的精神",也带哲学的意味;不过他的强烈的情感能够将理融化在他的笔下,是他的独到处。那时似乎只有康白情先生是个比较纯粹的抒情诗人。一般青年以诗说理的也不少,大概不出胡先生和郭先生的型式。

那时是个解放的时代。解放从思想起头,人人对于一切传统都有意见,都爱议论,作文如此,作诗也如此。他们关心人生,大自然,以及被损害的人。关心人生,便阐发自我的价值;关心大自然,便阐发泛神论;关心被损害的人,便阐发人道主义。泛神论似乎只见于诗;别的两项,诗文是一致的。但是文的表现是抽象的，诗的表现似乎应该和文不一样。胡先生指出诗应该是具体的。他在《谈新诗》里举了些例子，说只是抽象的议论，是文不是诗。当时在诗里发议论的确是不少，差不多成了风气。胡先生所提倡的"具体的写法"固然指出一条好路。可是他的诗里所用具体的譬喻似乎太明白，譬喻和理分成两橛，不能打成一片；因此，缺乏暗示的力量，看起来好象是为了那理硬找一套譬喻配上去似的。别的作者也多不免如此。

民国十四年以来，诗才专向抒情方面发展。那里面"理想的爱情"的主题，在中国诗实在是个新的创造；可是对于一般读者不免生疏些。一般读者容易了解经验的爱情；理想的爱情要沉思，不耐沉思的人不免隔一层。后来诗又在感觉方面发展，以敏锐的感觉为抒情的骨子，一般读者只在常识里兜圈子，更不免有隔雾看花之憾。抗战以后的诗又回到议论和具体的譬喻，也不是没有理由的。当然，这时代诗里的议论比较精切，譬喻也比较浑融，比较二十年前进步了；不过趋势还是大体相同的。

另一方面，也有从敏锐的感觉出发，在日常的境界里体味出精微的哲理的诗人。在日常的境界里体味哲理，比从大自然体味哲理更进一步。因为日常的境界太为人们所熟悉了，也太琐屑了，它们的意义容易被忽略过去；只有具有敏锐的手眼的诗人才能把捉得住这些。这种体味和大自然的体味并无优劣之分，但确乎是进了一步。我心里想着的是冯至先生的《十四行集》。这是冯先生去年一年中的诗，全用十四行体，就是商籁体写成。十四行是外国诗体，从前总觉得这诗体太严密，恐怕不适于中国语言。但近年读了些十四行，觉得似乎已经渐渐圆熟；这诗体还是值得尝试的。冯先生的集子里，生硬的诗行便很少；但更引起我注意的还是他诗里耐人沉思的理，和情景融成一片的理。

这里举两首作例。

> 我们常常度过一个亲密的夜
> 在一间生疏的房里，它白昼时
> 是什么模样，我们都无从认识，
> 更不必说它的过去未来。原野
>
> 一望无边地在我们窗外展开，
> 我们只依稀地记得在黄昏时

来的道路，便算是对它的认识，
　　明天走后，我们也不再回来。

　　闭上眼罢！让那些亲密的夜
　　和生疏的地方织在我们心里：
　　我们的生命象那窗外的原野，

　　我们在朦胧的原野上认出来
　　一棵树，一闪湖光；它一望无际
　　藏着忘却的过去，隐约的将来。（一八）

旅店的一夜是平常的境界。可是亲密的，生疏的，"织在我们心里"。房间有它的过去未来，我们不知道。"来的道路"是过去，只记得一点儿；"明天走"是未来，又能知道多少？我们的生命象那"一望无边的""朦胧的"原野，"忘却的过去"，"隐约的将来"，谁能"认识"得清楚呢？——但人生的值得玩味，也就在这里。

　　我们听着狂风里的暴雨
　　我们在灯光下这样孤单，

我们在这小小的茅屋里
　　就是和我们用具的中间

　　也生了千里万里的距离:
　　铜炉在向往深山的矿苗,
　　瓷壶在向往江边的陶泥,
　　它们都象风雨中的飞鸟

　　各自东西。我们紧紧抱住,
　　好象自身也都不能自主。
　　狂风把一切都吹入高空

　　暴雨把一切又淋入泥土。
　　只剩下这点微弱的灯红
　　在证实我们生命的暂住。(二一)

茅屋里风雨的晚上也只是平常的境界。可是自然的狂暴映衬出人们的孤单和微弱;极平常的用具铜炉和瓷壶,也都"向往"它们的老家,"象风雨中的飞鸟,各自东西"。这样"孤单",却是由敏锐的感觉体味出来的,得从沉思里去领略——不然，恐怕只会觉得怪诞罢。闻一多先生说我们的新诗好象尽是些青年，也得有一些中年才好。冯先生这一集大概可以算是中年了。

1943年。

诗与幽默

旧诗里向不缺少幽默。南宋黄彻《碧溪诗话》云:

> 子建称孔北海文章多杂以嘲戏;子美亦"戏效俳谐体",退之亦有"寄诗杂诙俳",不独文举为然。自东方生而下,祢处士、张长史、颜延年辈往往多滑稽语。大体材力豪迈有余用之不尽,自然如此。……《坡集》类此不可胜数。《寄蕲簟与蒲传正》云,"东坡病叟长羁旅,冻卧饥吟似饥鼠。倚赖东风洗破衾,一夜雪寒披故絮。"《黄州》云,"自惭无补丝毫事,尚费官家压酒囊。"《将之湖州》云,"吴儿脍缕薄欲飞,未去先说馋涎垂。"又,"寻花不论命,爱雪长忍冻。天公非不怜,听饱即喧哄。"……皆斡旋其章而

弄之，信恢刃有余，与血指汗颜者异矣。

这里所谓滑稽语就是幽默。近来读到张骏祥先生《喜剧的导演》一文（《学术季刊》文哲号），其中论幽默很简明："幽默既须理智，亦须情感。幽默对于所笑的人，不是绝对的无情；反之，如西万提斯之于吉诃德先生，实在含有无限的同情。因为说到底，幽默所笑的不是第三者，而是我们自己。……幽默是温和的好意的笑。"黄彻举的东坡诗句，都在嘲弄自己，正是幽默的例子。

新文学的小说、散文、戏剧各项作品里也不缺少幽默，不论是会话体与否；会话体也许更便于幽默些。只诗里幽默却不多。我想这大概有两个缘由：一是一般将诗看得太严重了，不敢幽默，怕亵渎了诗的女神。二是小说、散文、戏剧的语言虽然需要创造，却还有些旧白话文，多少可以凭借；只有诗的语言得整个儿从头创造起来。诗作者的才力集中在这上头，也就不容易有余暇创造幽默。这一层只要诗的新语言的传统建立起来，自然会改变的。新诗已经有了二十多年的历史，看现在的作品，这个传统建立的时间大概快到来了。至于第一层，将诗看得那么严重，倒将它看窄了。诗只是人生的一种表现和批评；同时也是一种语言，不过是精神的语言。人生里短不了幽默，语言里短不了幽默，诗里也该不短幽默，才是自然之理。黄彻指出的情形，正是诗的自然现象。

新诗里纯粹的幽默的例子，我只能举出闻一多先生的《闻一多先生的书桌》一首：

忽然一切的静物都讲话了，
　　忽然书桌上怨声腾沸：
墨盒呻吟道"我渴得要死！"
　　字典喊雨水渍湿了他的背；

信笺忙叫道弯痛了他的腰；
　　钢笔说烟灰闭塞了他的嘴，
毛笔讲火柴燃秃了他的须，
　　铅笔抱怨牙刷压了他的腿；

香炉咕喽着"这些野蛮的书
　　早晚定规要把你挤倒了！"
大钢表叹息快睡锈了骨头；
　　"风来了！风来了！"稿纸都叫了；

笔洗说他分明是盛水的,
　怎么吃得惯臭辣的雪茄灰;
桌子怨一年洗不上两回澡,
　墨水壶说"我两天给你洗一回"。

"什么主人?谁是我们的主人?"
一切的静物都同声骂道。
"生活若果是这般的狼狈,
倒还不如没有生活的好!"

主人咬着烟斗迷迷的笑,
　"一切的众生应该各安其位。
我何曾有意的糟蹋你们,
　秩序不在我的能力之内。"(《死水》)

这里将静物拟人,而且使书桌上的这些静物"都讲话":有的是直接的话,有的是间接的话,互相映衬着。这够热闹的。而不止一次的矛盾的对照更能引人笑。墨盒"渴得要死",字典却让雨水湿了背;笔洗不盛水,偏吃雪茄灰;

桌子怨"一年洗不上两回澡",墨水壶却偏说两天就给他洗一回。"书桌上怨声腾沸","一切的静物都同声骂",主人却偏"迷迷的笑";他说"一切的众生应该各安其位",可又缩回去说"秩序不在我的能力之内"。这些都是矛盾的存在,而最后一个矛盾更是全诗的极峰。热闹,好笑,主人嘲弄自己,是的;可是"一切的众生应该各安其位",见出他的抱负,他的身份——他不是一个小丑。

俞平伯先生的《忆》,都是追忆儿时心理的诗。亏他居然能和成年的自己隔离,回到儿时去。这里面有好些幽默。我选出两首:

有了两个橘子,
一个是我底,
一个是我姊姊底。
把有麻子的给了我,
把光脸的她自有了。

"弟弟你底好,
绣花的呢?"
真不错!

好橘子，我吃了你罢。

真正是个好橘子啊！（第一）

亮汪汪的两根灯草的油盏，

摊开一本《礼记》，

且当它山歌般的唱。

乍听间壁又是说又是笑的，

"她来了罢？"

《礼记》中尽是些她了。

"娘，我书已读熟了。"（第二十二）

这里也是矛盾的和谐。第一首中"有麻子的"却变成"绣花的"；"绣花的"的"好"是看的"好"，"好橘子"和"好橘子"的"好"却是可吃的"好"和吃了的"好"。次一首中《礼记》却"当它山歌般的唱"，而且后来"《礼记》中尽是些她了"；"当它山歌般的唱"，却说"娘，我书已读熟了"。笑就蕴藏在这些别人的，自己的，别人和自己的矛盾里。但儿童自己觉得这些只是自然而然，矛盾是从成人的眼中看出的。所以更重要的，笑是蕴藏在儿童和成人的矛盾里。这种幽默是将儿童（儿时的自己和别的儿童）当作笑的对象，跟一般的幽默不一样；但不失为健康的。《忆》里的诗都用简短的口语，儿童的话原是如此；成人却更容易从这种口语里找出幽默来。

用口语或会话写成的幽默的诗，还可举出赵元任先生贺胡适之先生四十生日的一首：

> 适之说不要过生日，
> 　生日偏又到了。
> 我们一般爱起哄的，
> 　又来跟你闹了。
>
> 今年你有四十岁了都，
> 　我们有的要叫你老前辈了都；
> 天天听见你提倡这样，提倡那样，
> 　觉得你真有点儿对了都！
>
> 你是提倡物质文明的咯，
> 　所以我们就来吃你的面；
> 你是提倡整理国故的咯，
> 　所以我们都进了研究院；

你是提倡白话诗人的咯,

所以我们就罗罗唆唆写上了一大片。

我们且别说带笑带吵的话,

　　我们且别说胡闹胡搞的话,

我们并不会说很巧妙的话,

　　我们更不会说"倚少卖老"的话;

但说些祝颂你们健康的话——

　　就是送给你们一家子大大小小的话。

　　　　　(《北平晨报》,十九,十二,十八)

全诗用的是纯粹的会话;象"都"字(读音象"兜"字)的三行只在会话里有("今年你有四十岁了都"就是"今年你都有四十岁了",余类推)。头二段是仿胡先生的"了"字韵;头两行又是仿胡先生的

　　我本不要儿子,

　　　儿子自来了。

那两行诗。三四段的"多字韵"(胡先生称为"长脚韵")

也可以说是"了"字韵的引申。因为后者是前者的一例。全诗的游戏味也许重些，但说的都是正经话，不至于成为过分夸张的打油诗。胡先生在《尝试集·自序》里引过他自己的白话游戏诗，说"虽是游戏诗，也有几段庄重的议论"；赵先生的诗，虽带游戏味，意思却很庄重，所以不是游戏诗。

赵先生是长于滑稽的人，他的《国语留声机片课本》，《国音新诗韵》，还有翻译的《阿丽斯漫游奇境记》，都可以见出。张骏祥先生文中说滑稽可以为有意的和无意的两类，幽默属于前者。赵先生似乎更长于后者，《奇境记》真不愧为"魂译"（丁西林先生评语，见《现代评论》）。记得《新诗韵》里有一个"多字韵"的例子：

你看见十个和尚没有？
他们坐在破锣上没有？

无意义，却不缺少趣味。无意的滑稽也是人生的一面，语言的一端，歌谣里最多，特别是儿歌里。——歌谣里幽默却很少，有的是诙谐和讽刺。这两项也属于有意的滑稽。张先生文中说我们通常所谓话说得俏皮，大概就指诙谐。

"诙谐是个无情的东西","多半伤人;因为诙谐所引起的笑,其对象不是说者而是第三者。"讽刺是"冷酷,毫不留情面","不只挞伐个人,有时也攻击社会"。我们很容易想起许多嘲笑残废的歌谣和"娶了媳妇忘了娘"一类的歌谣,这便是歌谣里诙谐和讽刺多的证据。

1943年。

抗战与诗

抗战以来的新诗，我读的不多。前些日子从朋友处借了些来看，并见到了《文艺月刊》七月号里的《四年来的新诗》一篇论文（论文题目大概如此，作者的名字已经记不起了），自己也有些意见。现在写在这里。

抗战以来的新诗的一个趋势，似乎是散文化。抗战以前新诗的发展可以说是从散文化逐渐走向纯诗化的路。为方便起见，用我在《新文学大系·诗集》《导言》里假定的名称来说明。自由诗派注重写景和说理，而一般的写景又只是铺叙而止，加上自由的形式，诗里的散文成分实在很多。格律诗派才注重抒情，而且是理想的抒情，不是写实的抒情。他们又努力创造"新格式"；他们的诗要有"音乐的美""绘画的美"和"建筑的美"——诗行是整齐的。象征诗派倒不在乎格式，只要"表现一切"；他们虽用文字，却朦胧了文字的意义，用暗示来表现情调。后来卞之琳先生、何其芳先生虽然以敏锐的感觉为体材，又不相同，但是借暗示表现情调，却可以说是一致的。从格律诗以后，诗以抒情为主，回到了它的老家。从象征诗以后，诗只是抒情，纯粹的抒情，可以说钻进了它的老家。可是这个时代是个散文的时代，中国如此，世界也如此。诗钻进了老家，访问的就少了。抗战以来的诗又走到了散文化的路上，也是自然的。

从新诗开始的时候起，多少作者都在努力发现或创造新形式，足以替代五七言和词曲那些旧形式的。这种努力从胡适之先生所谓"自然的音节"起手。胡先生教人注意诗篇里词句的组织和安排，要达到"自然的和谐"的地步。他自己虽还不能摆脱旧诗词曲的腔调，但一般青年作者却都在试验白话的音节。一般新诗的形式确不是五七言诗，不是词曲，不是歌谣，而已是不成形式的新形式了。这就渐渐进展到格律诗。格律运动虽然当时好象失败了，但它的势力潜存着，延续着。象征诗开始时用自由的形式，可是后来也就多用格律了。

抗战以来的诗，注重明白晓畅，暂时偏向自由的形式。这是为了诉诸大众，为了诗的普及。抗战以来，一切文艺形式为了配合抗战的需要，都朝普及的方向走，诗作者也就从象牙塔里走上十字街头。他们可也用格律；就是用自由的形式，一般诗行也比自由诗派来得整齐些。他们的新的努力是在组织和词句方面容纳了许多散文成分。艾青先生和臧克家先生的长诗最容易见出。就连卞之琳先生的《慰劳信集》，何其芳先生的近诗，也都表示这种倾向。这时代诗里的散文成分是有意为之，不象初期自由诗派的只是自然的趋势。而这时代的诗采用的散文成分比自由诗派的似乎规模还要大些。这也可以说是民间化的趋势。抗战以来文坛上对于利用民间旧形式有过热烈的讨论。整个儿利用似乎已经证明不成，但是民间化这个意念却发生了很广大的影响。民间化自然得注重明白和流畅，散文化是必然的。而朗诵诗的提倡更是诗的散文化的一个显著的节目。不过话说回来，民间形式暗示格律的需要，朗诵诗虽在散文化，但为了便于朗诵，也多少需要格律。所以散文化民间化同时还促进了格律的发展。这正是所谓矛盾的发展。

诗的民间化还有两个现象：一是复沓多，二是铺叙多。复沓是歌谣的生命。歌谣的组织整个儿靠复沓，韵并不是必然的。歌谣的单纯就建筑在复沓上，现在的诗多用复沓，却只取其接近歌谣，取其是民间熟悉的表现法，因而可以教诗和大众接近些。还有,散文化的诗里用了重叠,便散中有整,也是一种调剂的技巧。详尽的铺叙是民间文艺里常见的,为的是明白易解而能引起大众的注意。简短的含蓄的写出,是难于诉诸大众的。现在的诗着意铺叙的,可以举柯仲平先生《平汉铁路工人破坏大队的产生》和老舍先生的《剑北篇》做例子。柯先生铺叙故事的节目,老舍先生铺叙景物的节目,可是他们有意在使诗民间化是一样的。《剑北篇》试用大鼓调,更为显然。因为民间化,这两篇长诗都有着整齐的形式。

抗战以来的新诗的另一个趋势是胜利的展望。这是全民族的情绪,诗以这个情绪为表现的中心,也是当然的,但是诗作者直接描写前线描写战争的却似乎很少。一般诗作者描写抗战,大都从侧面着笔。如我军的英勇,敌伪的懦怯或残暴,都从士兵或民众的口中叙出。这大概是经验使然。一般诗作者所熟悉的,努力的,是在大众的发现和内地的发现。他们发现大众的力量的强大,是我们抗战建国的基础。他们发现内地的广博和美丽,增强我们的爱国心和自信心。像艾青先生的《火把》和《向太阳》,可以代表前者;臧克家先生的《东线归来》以及《淮上吟》,可以代表后者。《剑北篇》也属于后者。

《火把》跟《向太阳》的写法不同。如一位朋友所说，艾青先生有时还用象征的表现，《向太阳》就是的。《火把》却近乎铺叙了。这篇诗描写火把游行，正是大众的力量的表现，而以恋爱的故事结尾，在结构上也许欠匀称些。可是指示私生活的公众化一个倾向，而又不至于公式化，却是值得特别注意的。臧先生在创造新鲜的隐喻上见出他的本领，但是纪行体的诗有时不免散漫，《淮上吟》似乎就如此。《剑北篇》的铺叙也许有人觉得太零碎些，逐行用韵也许有人会觉得太铿锵些。但我曾请老舍先生自己朗读给我听，他只按语气的自然节奏读下去，并不重读韵脚。这也就觉得能够连贯一气，不让韵隔成一小片儿一小段儿的了。可见诗的朗读确是很重要的。

            1941年。

诗与建国

一九二九年《诗人宝库》(*Poet Lore*)杂志第四十卷中有金赫罗(Harold King)一文,题目是《现代史诗——一个悬想》。他说史诗体久已死去,弥尔顿和史班塞想恢复它,前者勉强有些成就,后者却无所成。史诗的死去,有人说是文明不同的缘故,现在已经不是英雄时代,一般人对于制造神话也已不发生兴趣了。真的,我们已经渐渐不注重个人英雄而注重群体了。如上次大战,得名的往往是某队士兵,而不是他们的将领。但象林肯、俾士麦、拿破仑等人,确是出群之才,现代也还有列宁;这等人也还有人给他们制造神话。我们说这些人是天才,不是英雄。现代的英雄是制度而不是人。还有,有些以人为英雄的,主张英雄须代表文明,破坏者、革命者不算英雄。不过现代人复杂而变化,所谓人的英雄,势难归纳在一种类型里。

史诗要的是简约的类型；没有简约的类型就不成其为史诗。照金氏的看法，群体才是真英雄；歌咏群体英雄的便是现代的史诗。所谓群体又有两类。一类是已经成就而无生长的，如火车站；这不足供史诗歌咏。足供史诗歌咏的，是还未成就，还在生长的群体——制度；金氏以为工厂和银行是合式的。他又说现代生活太复杂了，韵文恐怕不够用，现代史诗体将是近于散文的。散文久经应用，变化繁多，可以补救韵文的短处。但是史诗该有那种质朴的味道，宜简不宜繁；只要举大端，不必叙细节。按这个标准看，电影表现现代生活，直截爽快，不铺张，也许比小说还近于史诗些。金氏又举纽约最繁华的第五街中夜的景象，说那也是"现代史诗"的一例。

直到现在，金氏所谓"现代史诗"，还只是"一个悬想"，但不失为一个有趣的悬想；而照现代商工业的加速的大规模的发展，这也未必不是一个可能实现的悬想。不必远求，我们的新诗里就有具体而微的，这种表现现代生活的诗。我们可以举孙大雨先生的《纽约城》：

纽约城纽约城纽约城
白天在阳光里叠一层又叠一层

入夜来点得千千万万盏灯

无数的车轮无数的车轮

卷过石青的大道早一阵晚一阵

那地道里那高架上的不是潮声

打雷却没有这般律吕这般匀整

不论晴天雨天清早黄昏

永远是无休无止的进行

有千斤的大铁椎令出如神

有锁天的巨练有银铛的铁棍

辘轳盘着辘轳摩达赶着引擎

电火在铜器上没命的飞—飞—飞奔

有时候魔鬼要卖弄他险恶的灵魂

在那塔尖上挂起青青的烟雾一层

(《朝报》副刊,《辰星》第三期,十七年十月二日)

这里写的虽然不是那第五街的中夜,但纽约城全体足以作现代的英雄而为"现代史诗"的一例,是无疑的;这首短诗正可当"现代史诗"的一个雏形看。

我们现在在抗战,同时也在建国;建国的主要目标是现代化,也就是工业化。目前我们已经有许多制度,许多群体日在成长中。各种各样规模不等的工厂散布在大后方，都是抗战后新建设的——其中一部分是从长江下游迁来的，但也经过一番重新建设，才能工作。其次是许多工程艰巨的公路，都在短期中通车；而滇缅公路的工程和贡献更大。而我们的新铁路，我们的新火车站，也在生长，距离成就还有日子。其次是都市建设，最显明的例子是我们的陪都重庆；市区的展拓，几次大轰炸后市容的重整，防空洞的挖造，都是有计划的。这些制度，这些群体，正是我们现代的英雄。我们可以想到，抗战胜利后，我们这种群体的英雄会更多，也更伟大。这些英雄值得诗人歌咏；相信将来会有歌咏这种英雄的中国"现代史诗"出现。不过现在注意这方面的诗人还少。他们集中力量在歌咏抗战；试写长诗，叙事诗，也就是史诗的，倒不少，都只限在抗战有关的题材上。建国的成绩似乎还没有能够吸引诗人的注意，虽然他们也会相信"建国必成"。但现在是时候了，我们迫切地需要建国的歌手。我们需要促进中国现代化的诗。有了歌咏现代化的诗，便表示我们一般生活也在现代化；那么，现代化才是一个谐和，才可加速的进展。另一方面，我们也需要中国诗的现代化，新诗的现代化；这将使新诗更富厚些。"现代史诗"一时也许不容易成熟，但是该有一些人努力向这方面做栽培的工作。

有一位朋友指给我一首诗,至少可以表示已经有人向这方面努力着,这是个好消息。他指给我的是杜运燮先生的《滇缅公路》,上文曾提到这条路的工程和贡献的伟大,它实在需要也值得一篇"现代史诗";但是现在还只有这首短歌。这首诗就全体而论,也许还可以紧凑些,诗行也许长些,参差些。现在先将中间一段(原不分段)抄在这里:

> 看它,风一样有力,航过绿色的田野,
> 蛇一样轻灵,从茂密的草木间
> 盘上高山的背脊,飘行在云流中,
> 而又鹰一般敏捷,画几个优美的圆弧
> 降落下箕形的溪谷,倾听村落里
> 安息前欢愉的匆促,轻烟的朦胧中
> 溢着亲密的呼唤,人性的温暖;
> 有些更懒散,沿着水流缓缓走向城市,
> 而就在粗糙的寒夜里,荒冷
> 而空洞,也一样负着全民族的
> 食粮,载重车的黄眼满山搜索,

搜索着跑向人民的渴望；

沉重的橡皮轮不绝滚动着

人民兴奋的脉搏，每一块石子

一样觉得为胜利尽忠而骄傲：

微笑了，在满足的微笑着的星月下面，

微笑了，在豪华的凯旋日子的好梦里。

这里不缺少"诗素"，不缺少"温暖"，不缺少爱国心。

说到工程和贡献，诗里道：

……你们该起来歌颂：就是他们，

（营养不足，半裸体，挣扎在死亡的边沿）

就是他们，冒着饥寒与疟蚊的袭击，

每天不让太阳占先，从匆促搭盖的

土穴草窠里出来，挥动起原始的

锹锤，不惜仅有的血汗，一厘一分地

为民族争取平坦，争取自由的呼吸。

而路呢，

> 看，那就是，那就是他们不朽的化身：
> 穿过高寿的森林，经过万千年风霜
> 与期待的山岭，蛮横如野兽的激流，
> 以及神秘如地狱的疟蚊的大本营……
> 就用勇敢而善良的血汗与忍耐
> 穿过一切阻挡，走出来，走出来，
> 给战斗疲倦的中国送鲜美的海风，
> 送热烈的鼓励，送血，送一切，于是
> 这坚韧的民族更英勇，开始欢笑：
> "我起来了，我起来了，我已经自由！"

这里表现忍耐的勇敢，真切的欢乐，表现我们"全民族"。

但更"该起来歌颂"的也许是：

> 滇缅公路得万物朝气的鼓励，
> 狂欢地引负远方来的货物，
> 上峰顶看雾，看山坡上的日出，
> 修路工人在露草上打欠伸，"好早啊！"
> 早啊，好早啊，路上的尘土还没有
> 大群地起来追逐，辛勤的农夫

因为大疲劳，肌肉还需要松弛，
牧羊的小童正在纯洁的忘却中，
城里人还在重复他们枯燥的旧梦，
而它，就引着成群的各种形状的影子
在荒废多年的森林草丛间飞奔：
一切在飞奔，不准许任何人停留啊！
远方的星球被转下地平线，
拥挤着房屋的城市已到面前，
可是它，不能停，还要走，还要走，
整个民族在等待，需要它的负载。

（《文聚》，一卷一期）

"不能停"好象指"载重车"似的；说的是"路"，"不许停"或者清楚些。

爱国诗

死去元知万事空,但悲不见九州同。
王师北定中原日,家祭无忘告乃翁!

这是南宋爱国诗人陆放翁(游)临终《示儿》的诗,直到现在还传诵着。读过法国都德的《柏林之围》的人,会想到陆放翁和那朱屋大佐分享着同样悲惨的命运;可是他们也分享着同样爱国的热诚。我说"同样",是有特殊意义的。原来我们的爱国诗并不算少,汪静之先生的《爱国诗选》便是明证;但我们读了那些诗,大概不会想到朱屋大佐身上去。这些诗大概不外乎三个项目。一是忠于一朝,也就是忠于一姓。其次是歌咏那勇敢杀敌的将士。其次是对异族的同仇。所谓"非我族类,其心必异"。第二项可能只是一姓的忠良,也可能是"执干戈以卫社稷"的

"国殇"。说"社稷"便是民重君轻,跟效忠一姓的不一样。《楚辞》的《国殇》所以特别教人注意,至少一半为了这个道理。第三项以民族为立场,范围便更广大。现在的选家选录爱国诗,特别注意这一种,所谓民族诗。社稷和民族两个意念凑合起来,多少近于我们现在所说的"国家",但"理想的完整性"还不足;若说是"爱国","理想的完美性"更不足。顾亭林第一个说出"天下兴亡,匹夫有责"这警句,提示了一个理想的完整的国家,确是他的伟大处。放翁还不能有这样明白的意念,但他的许多诗,尤其这首《示儿》诗里,确已多少表现了"国家至上"的理想;所以我们才会想到具有近代国家意念的朱屋大佐身上去。

放翁虽做过官,他的爱国热诚却不仅为了赵家一姓。他曾在西北从军,加强了他的敌忾;为了民族,为了社稷,他永怀着恢复中原的壮志。这种壮志常常表现在他的梦里;他用诗来描画这些梦。这些梦有些也许只是昼梦,睁着眼做梦,但可见他念兹在兹,可见他怎样将满腔的爱国热诚理想化。《示儿》诗是临终之作,不说到别的,只说"北定中原",正是他的专一处。这种诗只是对儿子说话,不是甚么遗疏遗表的,用不着装腔作势,他尽可以说些别的体己的话；可是他只说这个，他正以为这是最体己的话。诗里说"元知万事空"，万事都搁得下；"但悲不见九州同"，只这一件搁不下。他虽说"死去"，虽然"'不见'九州同"，可是相信"王师"终有"北定中原日"，所以叮嘱他儿子"家祭无忘告乃翁"！教儿子"无忘"，正见自己的念念不"忘"。这是他的爱国热诚的理想化，这理想便是我们现在说的"国家至上"的信念的雏形，在这情形下，放翁和朱屋大佐可以说是"同样"的。过去的诗人里，也许只有他才配称为爱国诗人。

辛亥革命传播了近代的国家意念，五四运动加强了这意念。可是我们跑得太快了，超越了国家，跨上了世界主义的路。诗人是领着大家走的，当然更是如此。这是发现个人发现自我的时代。自我力求扩大，一面向着大自然，一面向着全人类；国家是太狭隘了，对于一个是他自己的人。于是乎新诗诉诸人道主义，诉诸泛神论，诉诸爱与死，诉诸颓废的和敏锐的感觉——只除了国家。这当然还有错综而层折的因缘，此处无法详论。但是也有例外，如康白情先生《别少年中国》，郭沫若先生《炉中煤（眷念祖国的情绪）》等诗便是的。我们愿意特别举出闻一多先生；抗战以前，他差不多是唯一有意大声歌咏爱国的诗人。他歌

咏爱国的诗有十首左右;《死水》里收了四首。且先看他的《一个观念》:

> 你隽永的神秘,你美丽的谎,
> 你倔强的质问,你一道金光,
> 一点儿亲密的意义,一股火,
> 一缥缥缈的呼声,你是什么?
> 我不疑,这因缘一点也不假,
> 我知道海洋不骗他的浪花。
> 既然是节奏,就不该抱怨歌。
> 啊,横暴的威灵,你降伏了我,
> 你降伏了我!他绚缦的长虹——
> 五千多年的记忆,你不要动,
> 如今我只问怎样抱得紧你……
> 你是那样的横蛮,那样的美丽!

这里国家的观念或意念是近代的;他爱的是一个理想的完整的中国,也是一个理想的完美的中国。

这个国家意念是抽象的,作者将它形象化了。第一将它化作"你",成了一个对面听话的。"五千多年的记忆",

这是中国的历史。"抱得紧你"就是"爱你"。怎样爱中国呢？中国"那样美丽"，"美丽"得像"谎"似的。它是"亲密的"，又是"神秘"的，怎样去爱呢？它"倔强的质问"为什么不爱它，又"缥缈的"呼喊人去爱它。我们该爱它，浪花是该爱海的；难爱也得爱，节奏是"不该抱怨歌"的。它"绚缦"得可爱，却又"横暴"得可怕；爱它，怕它，只得降了它。降了它为的爱，爱就得抱紧它。但是怎样"抱得紧"呢？作者彷徨自问；我们也都该彷徨自问的。陆放翁的《示儿》诗以"九州同"和"王师北定中原"两项具体的事件或理想为骨干。所谓"同"，指社稷，也指民族。"九州"便是二者的形象化。顾亭林说"匹夫"，也够具体的。但"一个观念"超越了社稷和民族，也统括了社稷和民族，是一个完整的意念，完整的理想；而且不但"提示"了，简直"代表"着，一个理想的完整的国家。这种抽象的国家意念，不必讳言是外来的，有了这种国家意念才有近代的国家。诗里形象化的手法也是外来的，却象征着表现着一个理想的完美的中国。可是理想上虽然完美，事实上不免破烂；所以作者彷徨自问，怎样爱它呢？真的，国民革命以来，特别是"九一八"以来，我们都在这般彷徨地自问着。——我们终于抗战了！

抗战以后，我们的国家意念迅速地发展而普及，对于国家的情绪达到最高潮。爱国诗大量出现。但都以具体的事件为歌咏的对象，理想的中国在诗里似乎还没有看见。当然，抗战是具体的、现实的。具体的节目太多了，现实的关系太大了，诗人们一方面俯拾即是，一方面利害切身，没工夫去孕育理想，也是真的。他们发现内地的美丽，民众的英勇，赞颂杀敌的英雄，预言最后的胜利，确是尽了最大的努力。但是我们的抗战，如我们的领导者屡次所昭示的，是坚贞的现实，也是美丽的理想。我们在抗战，同时我们在建国：这便是理想。理想是事实之母；抗战的种子便孕育在这个理想的胞胎中。我们希望这个理想不久会表现在新诗里。诗人是时代的前驱，他有义务先创造一个新中国在他的诗里。再说这也是时候了。抗战以来，第一次我们获得真正的统一；第一次我们每个国民都感觉到有一个国家——第一次我们每个人都感觉到中国是自己的。完整的理想已经变成完整的现实了，固然完美的中国还在开始建造中，还是一个理想；但我相信我们的国家意念已经发展到一个程度，我们可以借用美国一句话："我的国呵，对也罢，不对也罢，我的国呵。"（这句话可以有种种解释；这里是说，我国对也罢，不对也罢，我总不忍不爱它。)"如今我只问怎样抱得紧你……",要"抱得紧",得整个儿抱住;这得有整个儿理想,包孕着笼罩着片段的现实,也包孕着笼罩着整个的现实的理想。

现在我们再来看看《死水》里的《一句话》:

有一句话说出就是祸,
有一句话能点得着火。
别看五千年没有说破,
你猜得透火山的缄默?
说不定是突然着了魔,
突然青天里一个霹雳
　　　爆一声
"咱们的中国!"

这话教我今天怎么说?
你不信铁树开花也可,
那么有一句话你听着:
等火山忍不住了缄默,
不要发抖,伸舌头,顿脚,
等到青天里一个霹雳

爆一声

"咱们的中国!"

现在,真的,铁树开了花,"火山忍不住了缄默",那"五千年没有说破"的"一句话",那"青天里一个霹雳"似的一声,果然"爆"出来了。火已经点着了:说是"祸"也可,但是"祸兮福所倚",六年半的艰苦抗战奠定了最后胜利的基础。最后的胜利必然是我们的。这首诗写在十七八年前头,却象预言一般,现在开始应验了。我们现在重读这首诗,更能感觉到它的意义和力量。它还是我们的预言:"咱们的中国!"这一句话正是我们人人心里的一句话,现实的,也是理想的。

1943 年。

北平诗

——《北望集》序

离开北平上六年了,朋友们谈天老爱说到北平这个那个的,可是自个儿总不得闲好好地想北平一回。今天下午读了马君玠先生这本诗集,不由得悠然想起来了。这一下午自己几乎忘了是在什么地方,跟着马先生的诗,朦朦胧胧的好象已经在北平的这儿那儿,过着前些年的日子,那些红墙黄瓦的宫苑带着人到画里去,梦里去。那儿黯淡,幽寂,可是自己融化在那黯淡和幽寂里,仿佛无边无际的大。北平也真大:

> 长城是衣领,围护在苍白的颊边,
> 永定河是一条绣花带子,在它腰际蜿蜒。
>
> (《行军吟》之五)

城圈儿大,可是城圈儿外更大:那圆明园,那颐和园,可不都在城圈儿外?东西长安街够大的。可是那些小胡同也够大的:

　　巷内
　有卖硬面饽饽的,
　跟随着一曲胡琴,
　踱过熟习的深巷。

(《秋兴》之八)

久住在北平的人便知道这是另一个天地,自己也会融化在里头的。——北平的大尤其在天高气爽的秋季和人踪稀少的深夜;这巷内其实是无边无际的静。马先生和我都曾是清华园的住客,他也带着我到了那儿:

　路边的草长得高与人齐,
　遮没年年开了又谢的百合花。
　屋子里生长着灰绿色的霉,有谁坐在
　圈椅里度曲,看帘外的疏雨湿丁香。

(《清华园》)

这一下午，我算是在北平过的；其实是在马先生的诗里过的。

从前也读过马先生一些诗。他能够在日常的小事物上分出层层的光影。头发一般细的心思和暗泉一般涩的节奏带着人穿透事物的外层到深处去，那儿所见所闻都是新鲜而不平常的。他有兴趣向平常的事物里发见那不平常的。这不是颓废，也不是厌倦；说是寂寞倒有点儿，可是这是一个现代人对于寂寞的吟味。他似乎最赏爱秋天，雨天，黄昏与夜，从平淡和幽静里发见甜与香。那带点文言调子的诗行多少引着人离开现实，可是那些诗行还能有足够的弹性钻进现实的里层去。不过这究竟只在人生的一角上，而且我们只看见马先生一个人；诗里倒并不缺乏温暖，不过他到底太寂寞了。

这本集子便不同了，抗战是我们的生死关头，一个敏感的诗人怎么会不焦虑着呢？这本诗其实大部分是抗战的记录。马先生写着沦陷后的北平；出现在他诗里的有游击队，敌兵，苦难的民众，醉生梦死的汉奸。他写着我们的大后方；出现在他诗里的有英勇的战士，英勇的工人，英勇的民众。而沦陷后的北平是他亲见亲闻的，他更给我们许多生动的细节;《走》那篇长诗里安排的这种细节最多。他这样想网罗全中国和全中国的人到他的诗里去。但他不是个大声疾呼的人,他只能平淡地写出他所见所闻所想的。平淡里有着我们所共有而分担着的苦痛和希望。平淡的语言却不至于将我们压住;让我们有机会想起整套的背景,不死钉在一点一线一面上。北平在他笔下只是抗战的一张幕,可是这张幕上有些处细描细画,这就勾起了我们一番追忆。可是我还是跟着他的诗回到抗战的大后方来了。大声疾呼,我们现在似乎并不缺乏,缺乏的正是平淡的歌咏;因为我们已经到了该多想想的时候了。马先生现在也该不再那么寂寞了罢?

1943 年。

诗的趋势

一九三九年六月份的《大西洋月刊》载有现代诗人麦克里希（Archibald Macleish）《诗与公众世界》一文。这篇文曾经我译出，登在香港《大公报》的文艺副刊里。文中说：

> 如果我们作为社会分子的生活——那就是我们的公众生活，那就是我们的政治生活——已经变成了一种生活，可以引起我们私人的厌恶，可以引起我们私人的畏惧，也可以引起我们私人的希望；那么，我们就没有法子，只得说，对于这种生活的我们的经验，是有强烈的、私人的情感的经验了。如果对于这种生活的我们的经验，是有强烈的、私人的情感的经验，那么，这些经验

便是诗所能使人认识的经验了——也许只有诗才能使人认识它们呢。

又说：

> 要用归依和凭依的态度将我们这样的经验写出来，使人认识，必需那种负责任的，担危险的语言，那种表示接受和信仰的语言。

而他论到滂德（Ezra Pound）说：

> 他夜间做梦，总梦见些削去修饰的词儿，那修饰是使它们陈旧的；总梦见些光面儿没油漆的词儿，那油漆曾将它们涂在金黄色的柚木上；总梦见些反削在白松木上、带着白松香气的词儿。

他所谓"我们自己时代的真诗"，所用的经验是怎样，所用的语言是怎样，这儿都具体地说了。他还说，在英美青年诗人的作品里，已经可以看出，那真诗的时代是近了。

近来得见一本英国现代诗选,题为《再别怕了》(Fear No More)。似乎可以印证麦克里希的话。这本诗选分题作《为现时代选的生存的英国诗人的诗集》,一九四〇年剑桥大学出版部印行的。各位选者和各篇诗的作者都不署名。《给读者》里这样说:

> ……但可以看到〔这么办〕于本书有好处。虽然一切诗人都力求达到完美的地步,但没有诗人达到那地步。不署名见出诗的公共的财富;并且使人较易秉公读一切好诗。

集中许多诗曾在别处发表,都是有署名的。全书却也有一个署名,那是当代英国桂冠诗人约翰·买司斐尔德(John Masefield)的题辞,这本书是献给他的。题辞道:

> 在危险的时期,群众的心有权力。只有个人的心能创造有价值的东西,这时候却不看重了。人靠着群众的心抵抗敌人;靠着个人的心征服"死亡"。作这本有意思的书的人们知道这一层,他们告诉我们,"再别怕了。"

集中的诗差不多都是一九四〇年前五年内写的。选录有两个条件：一是够好的，一是够近的。为了够好，先请各位诗人选送自己的诗，各位选者再加精择；末了儿将全稿让几位送稿的诗人看，请他们再删一次。至于"够近的"这条件，是全书的目的和特性所在，《给读者》里有详尽的说明：

"过去五年时运压人，是些黑暗而烦恼的年头；可是比私人的或个人的幸福更远大的幸福却在造就中。凡沉思〔的人〕是不能不顾到这些烦恼的。人不再是上帝的玩意了：眼见他的运命归他自己管了——一种新责任，新体验到危险。"这本书的名字取自买司斐尔德的题辞；原拟的名字是"人正视自己"（Man Facing Himself）。"这句话写出战争，也写出了诗。……虽然时势紧急，使我们去做大规模的，拼性命的动作，可是我们中没有一个因此就免掉沉想的义务。这战争我们得'想'到底；这一回战争对于思想家相关〔之切〕，是别的战争所从不曾有过的。……著述人，政治家，记者，宣教师，广播员，都赞同这个意见……诗的重要不在特殊的结论而在鼓励沉思。……人要诗，如饥者之于食，不为避开环境，是为抓住环境。因为

129

诗是生活的路子的一个例子。人要的是例子；不是诗人写下的聪明话，是他们沉思的路子；更不是别的旧诗选本，是切于现时代的事例和实证——这事例和实证表显人类用来测量并维持那些精神标准的权力。本书原不代表一切写着诗的英国诗人；可是只要诗人同是活着的人，本书也可以代表他们，并可以代表人类。因为时代的诗是人类的声音。这种诗没有劝告，没有标语；只有自觉的路子。诗人在写作的时候，他们是自己的一帖解药，可以解掉群众心理〔的影响〕；他们将孤注押在自己这个人身上，这个自觉的人身上，这个正视自己的人身上。这样做时，他们就表显怎样为人类作战。"——这一番话和麦克里希的话是可以互相映发的。

现在选择本集的诗二首，作为例证。

冬鸳鸯菊

簇着，小小的仿佛一口气，
不是颗花儿，倒是一群人；
好像在用心头较热的力，
造他们心头自己的气温。

他们活着：不怨载他们的
地土，也不怨他们的出世。
他们跟大地最是亲近的，
他们懂得大地怎么回事；

这儿冬天用枯枝的指头
将我们拘入我们的门槛，
他们却承受一年最冷流
建筑他们的家园在中间。

1939年9月3日

吃着苹果，摘下来从英国树，
脚底下是秋季，我们在战争。
战氛的星球上许害了疯症，
眼睛里能见到一切的凭据——
黄蜂猛攫着梅子，象我们一流，
但他们聪明些，有分际——四方
都到成熟期，除我们一帮
无季节，无理性，有死而不自由。
话有何用。我们本然的地位

> 是本然的自我。人能依赖的
> 希望还是人，虽然人类遭了劫。
> 希望会将恨来划破了大地
> 和人的脸；但若尽力于无害的，
> 我们，这最后的亚当，未必最劣。

麦克里希文中论到爱略特（T. S. Eliot）曾说道，"冷讽是勇敢而可以不负责任的语言，否定是聪明而可以不担危险的态度。"冷讽和否定是称为"近代"或"当代"的诗的一个特色。可是到这两首诗就不同了。前一首没有冷讽和否定，不避开环境而能够抓住环境，正是"负责任的，担危险的语言"。那鸳鸯菊耐寒不怨，还能够"用心头较热的力，造他们心头自己的气温"，正是我们"生活的路子的一个例子"。后一首第一节虽由冷讽和否定组织而成，第二节却是"表示接受和信仰的语言"——跟前节对照，更见出经验的强烈来。这正是"正视着自己"，正是"自觉的路子"。"话有何用"；重要的是力行。"但若尽力于无害的，我们，这最后的亚当，未必最劣。""无害的"对战争的有害而言；这确见出远大的幸福在造就中。苹果是秋季的符号，也是亚当的符号；亚当吃了苹果，才开始了苦难。"我们这最后的亚当"也是自作自受,苦难重重。可是我们接受苦难,信仰自己,负起责任,担起危险,未必不能征服死亡,胜过前辈的亚当。这两首诗的作者虽然"将孤注押在自己这个人身上",可是"自己这个人"是"作为社会分子"而生活着;所以诗中用的是"他们""我们"两个复数词。作为社会分子而生活就是"公众生活",就是"政治生活";对于这种生活的经验,就是"怎样为人类作战"。这种诗似乎可以当得麦克里希所谓"能做现在所必需做的新的建设工作的诗"。这两首诗里用的都是些"削去修饰的词儿"。译文里也可见出。这跟一般称为"近代"或"当代"的诗是不同的。近来还看到一本英国诗选,题为《明日诗人》(*Poets of Tomorrow*)(第三集),去年出版。从这本书知道近年的诗人已经不爱"晦涩",不迷恋文字和技巧,而要求无修饰的平淡的实在感,要求明确的直截的诗。还有人以为诗不是专门的艺术而是家庭的艺术;以为该使平常人不怕诗,并且觉着自己是个潜在的诗人(分见各诗人小传)。那么,这两首的平淡也是近年一般的倾向了。

我国诗人现在是和这些英国诗人在同一战争中,而且在同一战线上,我国抗战以来的诗,似乎侧重"群众的心"

而忽略了"个人的心",不免有过分散文化的地方。《再别怕了》这本诗选也许是一面很好的借镜。

1943年。

译 诗

　　诗是不是可以译呢？这问句引起过多少的争辩，而这些争辩将永无定论。一方面诗的翻译事实上在同系与异系的语言间进行着，说明人们需要这个。一切翻译比较原作都不免多少有所损失，译诗的损失也许最多。除去了损失的部分，那保存的部分是否还有存在的理由呢？诗可不可以译或值不值得译，问题似乎便在这里。这要看那保存的部分是否能够增富用来翻译的那种语言。且不谈别国，只就近代的中国论，可以说是能够的。从翻译的立场看，诗大概可以分为两类。一类带有原来语言的特殊语感，如字音，词语的历史的风俗的含义等，特别多，一类带的比较少。前者不可译，即使勉强译出来，也不能教人领会，也不值得译。实际上译出的诗，大概都是后者，这种译诗里保存的部分可以给读者一些新的东西，新的意境和语感；

这样可以增富用来翻译的那种语言，特别是那种诗的语言，所以是值得的。也有用散文体来译诗的。那是恐怕用诗体去译，限制多，损失会更大。这原是一番苦心。只要译得忠实，增减处不过多，可以不失为自由诗；那还是可以增富那种诗的语言的。

有人追溯中国译诗的历史，直到春秋时代的《越人歌》（《说苑·善说篇》）和后汉的《白狼王诗》（《后汉书·西南夷传》）。这两种诗歌表示不同种类的爱慕之诚：前者是摇船的越人爱慕楚国的鄂君子皙，后者是白狼王唐菆等爱慕中国。前者用楚国民歌体译，这一体便是《九歌》的先驱；后者用四言体译。这两首歌只是为了政治的因缘而传译。前者是古今所选诵，可以说多少增富了我们的语言，但翻译的本意并不在此。后来翻译佛经，也有些原是长诗，如《佛所行赞》，译文用五言，但依原文不用韵。这种长篇无韵诗体，在我们的语言里确是新创的东西，虽然并没有在中国诗上发生什么影响。可是这种翻译也只是为了宗教，不是为诗。近世基督《圣经》的官话翻译，也增富了我们的语言，如五四运动后有人所指出的，《旧约》的《雅歌》尤其是美妙的诗。但原来还只为了宗教，并且那时我们的新文学运动还没有起来，所以也没有在语文上发生影响，更不用说在诗上。

清末梁启超先生等提倡"诗界革命"，多少受了翻译的启示，但似乎只在词汇方面，如"法会盛于巴力门"一类句子。至于他们在意境方面的创新，却大都从生活经验中来，不由翻译，如黄遵宪的《今别离》，便是一例。这跟唐宋诗受了禅宗的启示，偶用佛典里的译名并常谈禅理，可以相比。他们还想不到译诗。第一个注意并且努力译诗的，得推苏曼殊。他的《文学因缘》介绍了一些外国诗人，是值得纪念的工作；但为严格的旧诗体所限，似乎并没有多少新的贡献。他的译诗只摆仑的《哀希腊》一篇，曾引起较广大的注意，大概因为多保存着一些新的情绪罢。旧诗已成强弩之末，新诗终于起而代之。新文学大部分是外国的影响，新诗自然也如此。这时代翻译的作用便很大。白话译诗渐渐地多起来；译成的大部分是自由诗，跟初期新诗的作风相应。作用最大的该算日本的小诗的翻译。小诗的创作风靡了两年，只可惜不是健全的发展，好的作品很少。北平《晨报·诗刊》出现以后，一般创作转向格律诗。所谓格律，指的是新的格律，而创造这种新的格律，得从参考并试验外国诗的格律下手。译诗正是试验外国格律的一条大路，于是就努力地尽量地保存原作的格律其至韵脚。这里得特别提出闻一多先生翻译的白朗宁夫人的商籁二三十首(《新月杂志》)。他尽量保存原诗的格律，有时不免牺牲了意义的明白。但这个试验是值得的；现在商籁体(即十四行)可算是成立了，闻先生是有他的贡献的。

不过最努力于译诗的，还得推梁宗岱先生。他曾将他译的诗汇印成集，用《一切的峰顶》为名，这里面英法德等国的名作都有一些。近来他又将多年才译成的莎士比亚的商籁发表(《民族文学》)，译笔是更精练了。还有，爱略特的杰作《荒原》，也已由赵萝蕤女士译出了。我们该感谢赵女士将这篇深曲的长诗尽量明白地译出，并加了详注。只是译本抗战后才在上海出版，内地不能见着，真是遗憾。清末的译诗，似乎只注重新的意境。但是语言不解放，译作中能够保存的原作的意境是有限的，因而能够增加的新的意境也是有限的。新文学运动解放了我们的文字，译诗才能多给我们创造出新的意境来。这里说"创造"，我相信是如此。将新的意境从别的语言移植到自己的语言里而使它能够活着，这非有创造的本领不可。这和少数作者从外国诗得着启示而创出新的意境，该算是异曲同工。(从新的生活经验中创造新的意境，自然更重要，但与译诗无关，姑不论。)有人以为译诗既然不能保存原作的整个儿,便不如直接欣赏原作;他们甚至以为译诗是多余。这牵涉到全部翻译问题;现在姑只就诗论诗。译诗对于原作是翻译;但对于译成的语言,它既然可以增富意境,就算得一种创作。况且不但意境,它还可以给我们新的语感、新的诗体、新的句式、新的隐喻。就具体的译诗本身而论,它确可以算是创作。至于能够欣赏原作的究竟是极少数,多数人还是要求译诗,那是从实际情形上一眼就看出的。

现在抄梁宗岱先生译的莎士比亚的商籁一首:

> 啊,但愿你是你自己!但爱啊,你
> 将非你有,当你不再活在世上:
> 为这将临的日子你得要准备,
> 快交给别人你那温馨的肖像。
>
> 这样,你所租赁的朱颜就永远
> 不会满期;于是你又将再变成
> 你自己,当你已经离开了人间,
> 既然你儿子保留着你的倩影。
>
> 谁会让一座这样的华厦倾颓,

如果小心地看守便可以维护

它的荣光，去抵抗隆冬的狂吹

和那冷酷的死亡徒然的暴怒？

啊，除非是浪子：吾爱啊，你知道

你有父亲；让你儿子也可自豪

（《民族文学》一卷二期）

这是求爱求婚的诗。但用"你儿子保留着你的情影"作求爱的说辞，在我们却是新鲜的（虽然也许是莎士比亚当时的风气，因为这些商籁里老这么说着）。"你知道你有父亲；让你儿子也可自豪。"就是说你保留着你父亲的"荣光"，也该生个儿子保留着你的"荣光"；这是一个曲折的新句子。而"租赁"和"满期"一套隐喻，和第三段一整套持续的隐喻，也是旧诗词曲里所没有的。这中间隐喻关系最大。梁先生在《莎士比亚的商籁》文里说："伟大天才的一个特征是他的借贷或把注的能力，……天才的伟大与这能力适成正比例。"（《民族文学》一卷二期）"借贷或把注"指的正是创造隐喻。由于文字的解放和翻译的启示，新诗里创造隐喻，比旧诗词曲都自由得多。顾随先生曾努力在词里创造隐喻,也使人一新耳目。但词体究竟狭窄,我们需要更大的自由。我们需要新诗,需要更多的新的隐喻。这种新鲜的隐喻正如梁先生所引雪莱诗里说的,那磨砺人们钝质的砥石。

苏俄诗人玛耶可夫斯基也很注意隐喻。他的诗的翻译给近年新诗不少的影响。他在《与财务监督论诗》一诗中道:

照我们说
韵律——
　　　大桶,
诈药桶。
　　　一小行——
　　　　　导火线。
大行冒烟,
　小行爆发,——
而都市
　向一个诗节的
　　空中飞着。

据苏联现代文学史里说,这是玛耶可夫斯基在"解释着隐喻方法的使命"。他们说:"隐喻已经不是为了以自己的新奇来战胜读者而被注意的,而是为了用极度的具体性与意味性来揭露意义与现象的内容而被注意的。"(以上均见苏凡译《玛耶可夫斯基的作诗法》,《中苏文化》八卷五期。)这里隐喻的重要超乎"新奇"而在另一个角度里显现。

以上论到的都是翻译的抒情诗。要使这些译诗发生更大的效用,我想一部译诗选是不可少的。到现在止,译诗的质和量大概很够选出一本集子,只可惜太琐碎,杂志和书籍又不整备,一时无法动手。抒情诗之外还有剧诗和史诗的翻译。这些都是长篇巨制,需要大的耐心和精力,自然更难。我们有剧诗,杂剧传奇乃至皮黄都是的。但象莎士比亚无韵体的剧诗,我们没有。皮黄的十字句在音数上却和无韵体近似;大鼓调的十字句也是的。杂剧传奇乃至皮黄都是歌剧体裁,用来翻译无韵体的诗剧,不免浮夸。在我们的新诗里,无韵体的试验已有个样子。翻译剧诗正可以将这一体继续练习下去,一面跟皮黄传统有联系处,一面也许还可以形成我们自己的无韵体新诗剧。史诗我们没有。我们有些短篇叙事诗跟长篇弹词;还有大鼓书,也是叙事的。新诗里叙事诗原不发达，但近年来颇有试验长篇叙事诗的。翻译史诗用"生民"体或乐府体不便伸展，用弹词体不够庄重，我想也可用无韵体，与大鼓书多少间联系着。英国考勃（William Cowper）翻译荷马史诗，用的也是无韵体，可供参考。

剧诗的翻译这里举孙大雨先生译的莎士比亚《黎琊王》的一段为例。这一剧的译文，译者说经过"无数次甘辛"，我们相信他的话。

听啊，造化，亲爱的女神，请你听！
要是你原想叫这东西有子息，
请拨转念头，使她永不能生产，
毁坏她孕育的器官，别让这逆天
背理的贱身生一个孩儿增光彩！
如果她务必要蕃滋，就赐她个孩儿
要怨毒作心肠，等日后对她成一个
暴戾乖张，不近情的心头奇痛。
那孩儿须在她年轻的额上刻满
愁纹；两额上使泪流凿出深槽；
将她为母的劬劳与训诲尽化成

人家底嬉笑与轻蔑;然后她方始

能感到,有个无恩义的孩子,怎样

比蛇牙还锋利,还恶毒!……

(《民族文学》一卷一期)

这是黎琊王诅咒他那"无恩义的"大女儿的话。孙先生在序里说要"在生硬与油滑之间刈除了丛莽,辟出一条平坦的大道",他做到了这一步。序里所称这一剧的"磅礴的浩气","强烈的诗情",就在这一段译文中也可见出。这显示了孙先生的努力,同时显示了无韵体的效用。

史诗的翻译教我们想到傅东华先生的《奥德赛》和《失乐园》两个译本。两本都是用他自创的一种白话韵文译的。前者的底本是考勃的无韵体英译本。傅先生在他的译本的《引子》里说"用韵文翻译,并没有别的意思,只不过觉得这样的韵文比较便读"。《失乐园》的卷首没有说明,用意大概是相同的。这两个译本的确流利便读,明白易晓,自是它们的长处。所用的韵文,不象旧诗词曲歌谣,而自成一体;但诗行参差,语句醒豁,跟散文差不多。傅先生只是要一种便于翻译便于诵读的韵文,对于创造诗体,好像并未关心。这种韵文虽然"便读",但用来翻译

《奥德赛》，似乎还缺少一些素朴和庄严的意味。傅先生依据的原是无韵体英译本，当时若也试用无韵体重译，气象自当不同些。至于《失乐园》，本就是无韵体，弥尔顿又是反对押韵的人，似乎更宜于用无韵体去译。傅先生的两个译本自然是力作，并且是有用的译本。但我们还盼望有人用无韵体或别的谨严的诗体重译《奥德赛》，用无韵体重译《失乐园》，使它们在中国语言里有另一副面目。《依利阿德》新近由徐迟先生选译，倒是用的无韵体，可惜译的太少，不能给人完整的印象。译文够流利的，似乎不缺乏素朴的意味，只是庄严还差些。

1943年，1944年。

真　诗

　　二十年前新诗开始发展的时候，胡适之先生写了《北京的平民文学》一篇短文，介绍北京的歌谣（《文存》二集）。文中引义国卫太尔男爵编的《北京歌唱》（一八六九）《自序》，说这些歌谣中有些"真诗"，并且说："根据在这些歌谣之上，根据在人民的真感情之上，一种新的'民族的诗'也许能产生出来呢。"胡先生接着道：

　　　　现在白话诗起来了，然而做诗的人似乎还不曾晓得俗歌里有许多可以供我们取法的风格与方法，所以他们宁可学那不容易读又不容易懂的生硬文句，却不屑研究那自然流利的民歌风格。这个似乎是今日诗国的一种缺陷罢？

胡先生提倡"活文学"的白话诗，要真，要自然流利；卫太尔的话足以帮助他的理论。他所谓"生硬文句"，指的过分欧化的文句。

但是新文学运动实在是受外国的影响。胡先生自己的新诗，也是借镜于外国诗，一翻《尝试集》就看得出。他虽然一时兴到地介绍歌谣，提倡"真诗"，可是并不认真地创作歌谣体的新诗。他要真，要自然流利，不过似乎并不企图"真"到歌谣的地步，"自然流利"到歌谣的地步。那些时搜集歌谣运动虽然甚嚣尘上，只是为了研究和欣赏，并非供给写作的范本。有人还指出白话诗的音调要不象歌谣，才是真新诗。其实这倒代表一般人的意见。当时刘半农先生曾经仿作江阴船歌（《瓦釜集》），俞平伯先生也曾仿作吴歌（见《我们的七月》）；他们只是仿作歌谣，不是在作新诗。仿得很逼真，很自然，但他们自己和别人都不认为新诗。——俞先生在《欢愁底歌》（《冬夜》）那首新诗里却有两段在尝试小调（俗曲）的音节；不过也只是兴到偶一为之，并没有尝试第二次。

"九一八"前后，一度有所谓大众语运动；这运动的一个支流便是诗的歌谣化。那时有些人尝试着将所谓农民大众的意识装进山歌的形式里——工人的意识似乎就装不进去。这个新的歌谣或新诗只出现在书刊上,并不能下乡,达到农民的耳朵里,对于刊物的读者也没有能够引起兴味,因此没有什么影响就过去了。大众语运动虽然热闹一时,不久也就消沉了下去。主要的原因大概可以说是不切实际罢。接着是通俗读物编刊运动,大规模的旧瓶装新酒,将爱国的意念装进各种民间文艺的形式里。这里面有俗曲,如大鼓调,但没有山歌和童谣,大约因为这两体短小的缘故。这运动的目标只在"通俗读物",只在宣传,不在文艺,倒收到相当的效果,发生相当的影响。

抗战以来,大家注意文艺的宣传,努力文艺的通俗化。尝试各种民间文艺的形式的多起来了。民间形式渐渐变为"民族形式"。于是乎有长时期的"民族形式的讨论"。讨论的结果,大家觉得民族形式自然可以利用,但欧化也是不可避免的。就利用民族形式或文艺的通俗化而论,也有两种意见。一是整个文艺的通俗化,一面普及,一面提高;一是创作通俗文艺,只为了普及,提高却还是一般文艺(非通俗文艺)的责任。不管理论如何,事实似乎是走着第二条路。这时期民族形式的利用里,山歌和童谣两体还是没有用上。诗正向长篇和叙事体发展,自然用不到这些。大鼓调用得却不少,老舍先生的《剑北篇》就是好例子。柯仲平先生的《平汉铁路工人破坏大队的产生》参用唱本（就是俗曲）的形式写成那么长的诗（并没有完），也引起一般的注意。这种爱国的诗也可算作"民族的诗"。但卫太尔那时所谓"民族的诗"似乎只指表现一般民众的生活的诗，他不会想到现在的发展。再说他那本《北京歌唱》里收的全是儿歌或童谣，他所谓"真诗"和"民族的诗"都只"根据在这些歌谣之上"，跟现在主张和实行利用民族形式的人也大不相同的。

从新诗的发展来看，新诗本身接受的歌谣的影响很少。所谓歌谣，照我现在的意见，主要的可分为童歌（就是儿歌），山歌，俗曲（唱本）三类。新诗只在抗战后才开始接受一些俗曲的影响，如上文指出的——"九一八"前后歌谣化的新诗，尝试的既不多，作品也有限（已故的蒲风先生颇在这方面努力，但成绩也不显著），可以不论。不过白话诗的通俗化却很早就开始。有一种"夸阳历"的新大鼓，记得民国十四年左右已经出现。更值得重提的是十七年《大公报》上的几首《民间写真》，作者是蜂子先生，已经死了十多年。现在抄一首《赵老伯出口》在这里：

  赵老伯一辈子不懂什么叫作愁，

他老是微笑着把汗往下流。
　　他又有一个有趣惹人笑的脸,
　　鼻子翘起象只小母牛。

他的老婆死了很久很久,
儿子闺女都没有,
　　三亩园子两间屋,
　　还有一只大黄狗。

赵老伯近年太衰老,
自己的园地种不了。
　　从前种菜又种瓜,
　　现在长满了狗尾巴草。

夏天没得吃,冬天又没得穿,
三亩园子典了三十千。
　　今年到期赎不出,
　　李五爷催他赶快搬。

赵老伯这几天脸上没有了笑,

提起了搬家把泪掉:

  "那里有啥家可搬?

  "提上棍子去把饭来要!"

"这园子我种过四十年,

"才卖了这么几个钱!

  "又舍不开东邻共西舍,

  "逼我搬家真可怜!"

"从未走路先晃荡,

"说不定早晨和晚上,

  "我死也要死在李家桥,

  "天哪! 我不能劳苦一生作了外丧!"

"快滚! 快滚! 快快滚!"
李五爷的管家发了狠。

  "秃三爷的利害你该知道!

  摸摸你吃饭的家伙稳不稳?"

赵老伯有个好人缘儿,

小孩子都喜欢同他玩儿。

因为李五爷赶他走,

大家只能把长气吸一口。

一瘸一拐奔了古北口,

山上山下几行衰柳。

晨曦里我远望见他同他的老伙伴,

赵老伯同着他的大黄狗。

(《大公报》,十七年十一月二十一日)

这够"自然流利"的,按卫太尔和胡先生的标准,该可以算是"真诗"。其中四个"把"字句和一些七字句大概是唱本的影响,但全篇还是一般白话的成分多。本篇描写农民的生活具体而贴切;虽然无所谓农民大众的意识,却不愧"民间写真"的名目。作为通俗的白话诗,这是出色当行之作;但按诗的一般标准说,似乎还欠经济些——原作者自己似乎也没有认为一般的新诗。

所谓"自然流利"的"真诗",如上文所论,是以童谣为根据的。童谣就是儿歌,并不限于儿童生活,歌咏成人生活的也尽有。"童谣"是历史上传下来的名字,似乎比儿歌能够表现这种歌谣的社会性些——我并不看重童谣的占验作用,而看重它的讽世作用。童谣是"诵"的,也可以算是"读"的。它全用口语,所谓"自然流利";有时候压韵,也极自然,念下去还是流利的。但是童谣跟别种民间文艺一样,俳谐气太重而缺乏认真的严肃的态度;夸张和不切实更是它的本色。这是童谣的"自然"。"流利"的语调儿见出伶俐,但太轻快了便不免有点儿滑,沉不住气。这也许可以说是不认真的"真诗"罢?再说童谣复沓多,只能表现单纯和简单的情感,也跟一般的诗不同。新诗不取法于童谣,大概为了这些。

山歌是竹枝词一脉,中唐李益有诗道,"无奈孤舟夕,山歌闻竹枝",可见,对山歌也该是的;刘禹锡《竹枝词》引中有"以曲多为贤"的话,似乎就指的相对竞歌,竹枝词原可以合乐,且有舞容。现在的山歌调也可以合乐,舞容却似乎没有。但现在的山歌以徒歌为主。竹枝词从刘禹锡依调创作以后,成为诗的一体;不过是特殊的一体,专咏风土,不避俗,跟一般的七绝诗总有些分别。后来搜集山歌的人称山歌为"风",如李调元的《粤风》;"风"的名字虽然本于《国风》,其实只是"歌谣"的意思。这与一般的诗还是不能相提并论。现在的山歌以歌咏私情

（恋爱）为主，最长于创造譬喻。在创造譬喻这一点上，是值得新诗取法的。山歌也尽量用白话，虽不象童谣的"自然"，比一般的诗却"自然"得多。可是因此也不免俳谐，洒脱，不认真。山歌是唱的，虽然空口唱，也有一定的调子，似乎说不上"流利"与否。又因为是唱的，声就比义重，在不唱而吟诵的时候，山歌的音调也还跟七绝诗一样。新诗是"读"的或"说"的，不是唱的，它又要从旧诗词曲的固定的形式解放，又认真，所以也没有取法于山歌。

俗曲的种类很多，往往因地而异，各有各的来历，这里无须详论。俗曲大多数印成唱本，普通就称为唱本。许多的小调和大鼓调都有唱本。唱本以七字句或十字句为基调，有些可以合乐，但长篇只为吟诵而作。唱本篇幅长，要句调整齐，得多参用文言，便不能很"自然"。它的"自然"还赶不上山歌，但比一般的诗总近于口语些就是了。它也无所谓"流利"与否。童谣的俳谐气、夸张和不切合的情形，唱本都有；它的不切合特别表现在套语里，如佳人，牙床等。加上白话文言的驳杂，叙述描写的烦琐，完美的作品极少。唱本多半是叙事歌，不象童谣和山歌以抒情为主。新诗原只向抒情方面发展，无须叙事的体裁，唱本又有许多和新诗不合的地方，新诗不取法于它是无足怪的。现在的诗一方面向叙事体发展，于是乎柯仲平先生斟酌唱本的形式，写成《平汉铁路工人破坏大队的产生》。那是准备朗读的，不是准备吟诵的；倒没有唱本的种种不合的地方，只是烦琐得可以，烦琐就埋没了精彩。

但是新诗不取法于歌谣，最主要的原因还是外国的影响；别的原因都只在这一个影响之下发生作用。外国的影响使我国文学向一条新路发展，诗也不能够是例外。按诗的发展的旧路，各体都出于歌谣，四言出于《国风》《小雅》，五七言出于乐府诗；《国风》《小雅》跟乐府诗在民间流行的时候，似乎有的合乐，有的徒歌。——词曲也出于民间，原来却都是乐歌。这些经过文人的由仿作而创作，渐渐地脱离民间脱离音乐而独立。这中间词曲的节奏不根据于自然匀称和均齐，而靠着乐调的组织，独立较难。词脱离了民间，脱离了音乐，脱离了俳谐气，但只挣得半独立的"诗余"地位。清代常州词派想提高它的地位，努力使它进一步的诗化，严肃化，可是目的并未达成。曲脱离了民间，没有脱离了音乐；剧曲的发展成功很大，散曲却还一向带着俳谐气，所以只得到"词余"的地位。新文学运动以来，这两体都升了格算是诗了；那是按外国诗的意念说的，也是外国的影响。

照诗的发展的旧路，新诗该出于歌谣。山歌七言四句，变化太少；新诗的形式也许该出于童谣和唱本。象《赵老伯出口》倒可以算是照旧路发展出来新诗的雏形。但我们的新诗早就超过这种雏形了。这就因为我们接受了外国的影响，"迎头赶上"的缘故。这是欧化，但不如说是现代化。"民族形式讨论"的结论不错，现代化是不可避免的。现代化是新路，比旧路短得多，要"迎头赶上"人家，非走这条新路不可。可是话说回来，新诗虽然不必取法于歌谣，却也不妨取法于歌谣，山歌长于譬喻，并且巧于复沓，都可学。童谣虽然不必尊为"真诗"，但那"自然流利"，有些诗也可斟酌地学；新诗虽说认真，却也不妨有不认真的时候。历来的新诗似乎太严肃了，不免单调些。卞之琳先生说得好：

可是松了，
不妨拉树枝摆摆。

(《慰劳信集》五)

我们现在不妨来点儿轻快的幽默的诗。只有唱本，除了一些句法外，值得学的很少。现在叙事诗虽然发展，唱本却不足以供模范。现在的叙事诗已经不是英雄与美人的史诗，散文的成分相当多。唱本的结构往往松散，若去学它，会增加叙事诗的散文化的程度，使读者觉得过分。我们主张新诗不妨取法歌谣，为的使它多带我们本土的色彩；这似乎也可以说是利用民族形式，也可以说是在创作"一种新的'民族的诗'"。

1943 年。

朗读与诗

诗与文都出于口语,而且无论如何复杂,原都本于口语,所以都是一种语言。语言不能离开声调,诗文是为了读而存在的,有朗读,有默读。所谓"看书"其实就是默读,和看画看风景并不一样。但诗跟文又不同。诗出于歌,歌特别注重节奏;徒歌如此,乐歌更如此。诗原是"乐语",古代诗和乐是分不开的,那时诗的生命在唱。不过诗究竟是语言,它不仅存在在唱里,还存在在读里。唱得延长语音,有时更不免变化语音;为了帮助听者的了解,读有时必需的。有了文字记录以后,读便更普遍了。《国语·楚语》记申叔时告诉士亹怎样做太子的师傅,曾说"教之诗……以耀明其志"。教诗明志,想来是要读的。《左传》记载言语,引诗的很多,自然也是读,不是唱。读以外还有所谓"诵"。《墨子》里记着儒家公孟子"诵诗三百"的话。《左传》襄公十四年记卫献公叫师曹"歌"《巧言》诗的末章给孙文子的使者孙蒯听。那时文子在国境上,献公叫"歌"这章诗,是骂他的,师曹和献公有私怨,想激怒孙蒯,怕"歌"了他听不清楚,便"诵"了一通。这"诵"是有节奏的。诵和读都比"歌"容易了解些。

《周礼》大司乐"以乐语教国子:兴、道、讽、诵、言、语"。郑玄注:"以声节之曰诵。"诵是有腔调的,这腔调是"乐语"的腔调,该是从歌脱化而出。《汉书·艺文志》引《传》曰,"不歌而诵谓之赋"。而"赋者,古诗之流也"。(班固《两都赋》序)这"诵"就是师曹诵《巧言》诗的"诵"和公孟子说的"诵诗三百"的"诵",都是"乐语"的腔调。这跟言语引诗是不同的。言语引诗,随说随引,固然不会是唱,也不会是"诵",只是读,只是朗读——本文所谓读,兼指朗读、默读而言,朗读该是口语的腔调。现在儿童的读书腔,也许近乎古代的"诵";而宣读文告的腔调,本于口语,却是朗读,不是"诵"。战国以来,"诗三百"和乐分了家,于是乎不能歌,不能诵,只能朗读和默读;四言诗于是乎只是存在着,不再是生活着。到了汉代,新的音乐又带来了新的诗,乐府诗,汉末便成立了五言诗的体制。这以后诗又和乐分家。五言诗四言诗不一样，分家后却还发展着，生活着。它不但能生活在唱里，并且能生活在读里。诗从此独立了；这是一个大变化。

四言变为五言，固然是跟着音乐发展，这也是语言本身在进展。因为语言本身也在进展，所以诗终于可以脱离音乐而独立，而只生活在读里。但是四言为什么停止进展呢？我想也许四言太呆板了，变化太少了，唱的时候有音乐帮衬，还不大觉得出；只读而不唱，便渐渐觉出它的单调了。不过四言却宜入文，东汉到六朝，四言差不多成了文的基本句式；后来又发展了六言，便成了所谓"四六"的体制。文句本多变化，又可多用虚助词，四言入文，不但不板滞，倒觉得整齐些。这也是语言本身的一种进展。语言本身的进展，靠口说，也靠朗读，而在言文分离象中国秦代以来的情形之下，诗文的进展靠朗读更多——文尤其如此。五言诗脱离音乐独立以后，句子的组织越来越凝练，词语的表现也越来越细密，原因固然很多，朗读是主要的一个。"读"原是"抽绎义蕴"的意思。只有朗读才能玩索每一词每一语每一句的义蕴，同时吟味它们的节奏。默读只是"玩索义蕴"的工作做得好。唱歌只是"吟味节奏"的工作做得好——，却往往让义蕴滑了过去。

六朝时佛经"转读"盛行，影响诗文的朗读很大。一面沈约等发见了四声。于是乎朗读转变为吟诵。到了唐代，四声又归纳为平仄，于是乎有律诗。这时候的文也越见铿锵入耳。这些多半是吟诵的作用。律诗和铿锵的骈文，我们可以称为谐调，也是语言本身的一种进展。就诗而论，这种进展是要使诗不经由音乐的途径，而成功另一种"乐语"，就是不唱而谐。目的是达到了，靠了吟诵这个外来的影响。但是这种进展究竟偏畸而不大自然，所以盛唐诸家所作，还是五七言古诗比五七言律诗多（据施子愉《唐代科举制度与五言的关系》文中附表统计，文见《东方杂志》四十卷八号）。并且这些人作律诗，一面还是因为考试规定用律诗的缘故。后来韩愈也少作律诗，他更主持古文运动，要废骈用散，都是在求自然。那时古文运动已经开了风气；律诗却因可以悦耳娱目，又是应试必需，逐渐昌盛。晚唐人有"吟安一个字，捻断数茎髭"，"二句三年得，一吟双泪流"等诗句，特别见得对五律用力之专。而这种气力全用在"吟"上。律诗自然也可朗读，但它的生命在"吟"，从杜甫起就有"新诗改罢自长吟"的话。到了宋代，古文替代了骈文，诗也跟着散文化。七古七律特别进展，七律有意用不谐平仄的句子，所谓"拗调"。

这一切表示重读而不重吟，回向口语的腔调。后世说宋诗以意为主，正是着重读的表现。

这时候，新的音乐又带来了一种新的诗体——词。因为歌唱的缘故，重行严别四声。但在宋亡以后词又不能唱了，只生活在仅辨平仄的"吟"里。后来有时连平仄也多少可以通融了，这又是朗读的影响，词也脱离音乐而独立了。元代跟新音乐并起的新诗体又有曲，直到现在还能唱；四声之外，更辨阴阳。因为未到朗读阶段，"看"起来总还不够分量似的。曲以后的新诗体就是我们现代的"新诗"——白话诗。新诗不出于音乐，不起于民间，跟过去各种诗体全异。过去的诗体都发源于民间乐歌，这却是外来的影响。因为不是根生土长，所以不容易让一般人接受它。新文学运动已经二十六年，白话文一般人已经接受了，但是白话诗怀疑的还是很多。不过从语言本身和诗本体的进展来看，这也是自然的趋势。诗趋向脱离音乐独立，趋向变化而近自然，如上文所论。过去每一诗体都依附音乐而起。然后脱离音乐而存。新诗不依附音乐而已活了二十六年，正所谓自力更生。一面在这二十六年里屡次有人提倡新诗采取民歌（徒歌和乐歌）的形式，并有人实地试验，特别在抗战以后。但是效果绝不显著。这见得那种简单的音乐已经不能配合我们现代人复杂的情思。现代是个散文的时代,即使是诗,也得调整自己,多少倾向散文化。而这又正是宋以来诗的主要倾向——求自然。再说六朝时外来的影响可以改变向来的传统,终于形成了律诗,直活到民国初年,这回外来的影响还近乎自然些,又何可限量呢?新诗不要唱,不要吟;它的生命在朗读,它得生活在朗读里。我们该从这里努力,才可以加速它的进展。

过去的诗体都是在脱离音乐独立之后才有长足的进展。就是四言诗也如此,像嵇康的四言诗,岂不比"三百篇"复杂而细密得多?五七言古近体的进展,我们看来更是显著:"取材广而命意新"(曹学佺《宋诗钞》序中语),一句话扼要地指出这种进展的方向。词的分量加重,也在清代常州词派以后;曲没有脱离音乐,进展就慢得多。这就是说,诗到了朗读阶段才能有独立的自由的进展,但是新诗一产生就在朗读阶段里,为什么现在落在白话文后面老远呢?一来诗的传统力量比文的传统大得多,特别在形式上。新诗起初得从破坏旧形式下手,直到民国十四年,新形势才渐渐建设起来,但一般人还是怀疑着。而当时诗的兴味也已赶不上散文的兴味浓厚。再说新诗既全然生活在朗读里,而诗又比文更重声调,若能有意地训练朗读,进展也可以快些；可是这种训练直到抗战以后才多起来。不过新诗由破坏形式而建设形式，现在已有相当成绩，正见出朗读的效用。

新诗的语言不是民间的语言，而是欧化的或现代化的语言。因此朗读起来不容易顺口顺耳。固然白话文也有同样情形，但是文的篇幅大，不顺的地方容易掩藏，诗的篇幅小，和谐的朗读更是困难。这种和谐的朗读本非二三十年可以达成。律诗的孕育经过二百多年；我们的新诗是由旧的人工走向新自然，和律诗方向相反，当然不需那么长的时期，但也只能移步换形，不能希望一蹴而就。有意的朗读训练该可以将期间缩短些，缩得怎样短，得看怎样努力。所谓顺口顺耳，就是现在一般人说的"上口"。"上口"的意义，严格地说，该是"口语里有了的"；现在白话诗文中有好些句式和词汇，特别是新诗中隐喻，就是在受过中等教育的人的口语里，也还没有，所以便不容易上口。

但照一般的用法，"不上口"好象只是拗口或不顺口，这当然没有明确的分野，不过若以受过现代中等教育的人为标准，出入也许不至于太大。第一意义的"上口"太严格了，按这个意义，白话诗文能够上口的恐怕不多；最重要的,这样限制足以阻碍白话诗文的进展,同时足以阻碍口语的进展。白话诗文和口语该是交互影响着而进展的,所谓"国语的文学——文学的国语"。

第二意义的"上口",该可用作朗读的标准。这所谓"上口",就是使我们不致歪曲我们一般的语调。如何算"歪曲",还待分析的具体的研究,但从这些年的经验里,我们也可以知道大略。例如长到二三十字的句,十余字的读,中间若无短的停顿,便不能上口;国语每十字间总要有个停顿才好。又如国语中常用被动句,现在固然不妨斟酌加一些,但不斟酌而滥用,便觉刺耳。口语和白话文里不常用的译名,不容易上口;诗里最好不用,至少也须不多用——外国文更应该如此。他称代词"它"和"它们",国语里极少,也当细酌。文言夹在白话里,不容易和谐;除非白话里的确缺少那种表现,或者熟语新用,但总是避免的好。至于新诗里的隐喻常是创造的,上口自然不易。

可是这种隐喻的发展也是诗的生长的主要的成分,所谓"形象化"。旧日各种诗体里也有这个,不过也许没有新诗里多;而且,那些比较凝定的诗体可以掩藏新创的隐喻,使它得到平衡。所以我们得靠朗读熟悉这种表现,读惯了就可以上口了。其实除了一些句式，所谓不能上口的生硬的语汇，经过相当时间的流转，也许入了口语，或由于朗读，也会上口；这种"不上口"并不是绝对的。——我们所谓朗读，和宣读文告的宣读是一类，要见出每一词语每一句子的分量。这跟说话不同，新诗能够"说"的很少。

现时的诗朗诵运动，似乎用的是第一意义的"上口"的标准，并且用的是一般民众的口语的标准。这固然不失为诗的一体，但要将诗一概朗诵化就很难。文化的进展使我们朗读不全靠耳朵，也兼靠眼睛。这增加了我们的能力。现在的白话诗有许多是读出来不能让人全听懂的，特别是诗。新的词汇、句式和隐喻，以及不熟练的朗读的技术，都可能是原因；但除了这些，还有些复杂精细的表现，原不是一听就能懂的。这种诗文也有它们存在的理由。这种特别的诗，也还需要朗读，但只是读给自己听，读给几个看着原诗的朋友听；这种朗读是为了研究节奏与表现，自然也为了欣赏、受用。谁都可以去朗读并欣赏这种诗，只是这种诗不宜于大庭广众。卞之琳先生的一些诗，冯至先生的一些十四行，就有这种情形。近来读到鸥外鸥先生的一首诗，似乎也可作例。这首诗题为《和平的础石》，写在香港，歌咏的是香港老总督的铜像。现在节抄如下：

金属了的他

是否怀疑巍巍高耸在亚洲风云下的

休战纪念坊呢?

奠和平基础于此地吗?

那样想着而不瞑目的总督,

日夕踞坐在花岗石上永久的支着腮,

腮与指之间

生上了铜绿的苔藓了——

……………………………

手永远支住了的总督,

何时可把手放下来呢?

那只金属了的手。

诗行也许太参差些。但"金属了的他""金属了的手"里的"金属"这个名词用作动词,便创出了新的词汇,可以注意。这二语跟第六七行原都是描述事实,但是全诗将那僵冷的铜像灌上活泼的情思,前二语便见得如何动不了,动不了手,第三语也便见得如何"永久的支着腮"在"怀疑"。这就都带上了隐喻的意味。这些都比较生硬而复杂,只可朗读给自己听；要是教一般人听，恐怕不容易听懂。不过为己的朗读和为人的朗读却该同时并进，诗才能有独立的圆满的进展。

1943 年，1944 年。

诗的形式

二十多年来写新诗的和谈新诗的都放不下形式的问题，直到现在，新诗的提倡从破坏旧诗词的形式下手。胡适之先生提倡自由诗，主张"自然的音节"。但那时的新诗并不能完全脱离旧诗词的调子，还有些利用小调的音节的。完全用白话调的自然不少，诗行多长短不齐，有时长到二十几个字，又多不押韵。这就很近乎散文了。那时刘半农先生已经提议"增多诗体"，他主张创造与输入双管齐下。不过没有什么人注意。十二年陆志韦先生的《渡河》出版，他试验了许多外国诗体，有相当的成功；有一篇《我的诗的躯壳》，说明他试验的情形。他似乎很注意押韵，但还是觉得长短句最好。那时正在盛行"小诗"——自由诗的极端——他的试验也没有什么人注意。这里得特别提到郭沫若先生，他的诗多押韵，诗行也相当整齐。他的诗影响很大,但似乎只在那泛神论的意境上,而不在形式上。

"自然的音节"近于散文而没有标准——除了比散文句子短些,紧凑些。一般人,不但是反对新诗的人,似乎总愿意诗距离散文远些,有它自己的面目。十四年北平《晨报·诗刊》提倡的格律诗能够风行一时,便是为此。《诗刊》主张努力于"新形式与新音节的发现"(《诗刊》弁言),代表人是徐志摩、闻一多两位先生。徐先生试验各种外国诗体,他的才气足以驾驭这些形式,所以成绩斐然。而"无韵体"的运用更能达到自然的地步。这一体可以说已经成立在中国诗里。但新理论的建立得靠闻先生。他在《诗的格律》一文里主张诗要有"建筑的美";这包括"节的匀称""句的均齐"。要达到这种匀称和均齐,便得讲究格式、音尺、平仄、韵脚等。如他的《死水》诗的两头行:

　　　这是　一沟　绝望的　死水,
　　　清风　吹不起　半点　漪沦。

两行都由三个"二音尺"和一个"三音尺"组成,而安排不同。这便是"句的均齐"的一例。他也试验种种外国诗体，成绩也很好。后来又翻译白朗宁夫人十四行诗几十首，发表在《新月杂志》上；他给这种形式以"商籁体"的新译名。他是第一个使人注意"商籁"的人。

闻、徐两位先生虽然似乎只是输入外国诗体和外国诗的格律说，可是同时在创造中国新诗体，指示中国诗的新道路。他们主张的格律不象旧诗词的格律这样呆板；他们主张"相体裁衣"，多创格式。那时的诗便多向"匀称""均齐"一路走。但一般似乎只注重诗行的相等的字数而忽略了音尺等，驾驭文字的力量也还不足；因此引起"方块诗"甚至"豆腐干诗"等嘲笑的名字。一方面有些诗行还是太长。这当儿李金发先生等的象征诗兴起了。他们不注重形式而注重词的色彩与声音。他们要充分发挥词的暗示的力量：一面创造新鲜的隐喻，一面参用文言的虚字，使读者不致滑过一个词去。他们是在向精细的地方发展。这种作风表面上似乎回到自由诗，其实不然；可是规律运动却暂时象衰歇了似的。一般的印象好象诗只须"相体裁衣"，讲格律是徒然。

但格律运动实在已经留下了不灭的影响。只看抗战以来的诗，一面虽然趋向散文化，一面却也注意"匀称"和

"均齐",不过并不一定使各行的字数相等罢了。艾青和臧克家两位先生的诗都可作例;前者似乎多注意在"匀称"上,后者却兼注意在"均齐"上。而去年出版的卞之琳先生的《十年诗草》,更使我们知道这些年里诗的格律一直有人在试验着。从陆志韦先生起始,有志试验外国种种诗体的,徐、闻两先生外,还该提到梁宗岱先生,卞先生是第五个人。他试验过的诗体大概不比徐志摩先生少。而因为有前头的人做镜子,他更能融会那些诗体来写自己的诗。第六个人是冯至先生,他的《十四行集》也在去年出版;这集子可以说建立了中国十四行的基础,使得向来怀疑这诗体的人也相信它可以在中国诗里活下去。无韵体和十四行(或商籁)值得继续发展;别种外国诗体也将融化在中国诗里。这是模仿,同时是创造,到了头都会变成我们自己的。

无论是试验外国诗体或创造"新格式与新音节",主要的是在求得适当的"匀称"和"均齐"。自由诗只能作为诗的一体而存在,不能代替"匀称""均齐"的诗体,也不能占到比后者更重要的地位。外国诗如此,中国诗不会是例外。这个为的是让诗和散文距离远些。原来诗和散文的分界,说到底并不显明;象牟雷(Murry)甚至于说这两者并没有根本的区别(见《风格问题》一书)。不过诗大概总写得比较强烈些；它比散文经济些，一方面却也比散文复沓多些。经济和复沓好象相反，其实相成。复沓是诗的节奏的主要的成分，诗歌起源时就如此，从现在的歌谣和《诗经》的《国风》都可看出。韵脚跟双声叠韵也都是复沓的表现。诗的特性似乎就在回环复沓，所谓兜圈子；说来说去，只说那一点儿。复沓不是为了要说得少，是为了要说得少而强烈些。诗随时代发展，外在的形式的复沓渐减，内在的意义的复沓渐增，于是乎讲求经济的表现——还是为了说得少而强烈些。但外在的和内在的复沓，比例尽管变化，却相依为用，相得益彰。要得到强烈的表现，复沓的形式是有力的帮手。就是写自由诗，诗行也得短些，紧凑些；而且不宜过分参差，跟散文相混。短些，紧凑些，总可以让内在的复沓多些。

　　新诗的初期重在旧形式的破坏，那些白话调都趋向于散文化。陆志韦先生虽然主张用韵，但还觉得长短句最好，也可见当时的风气。其实就中外的诗体（包括词曲）而论，长短句都不是主要的形式；就一般人的诗感而论，也是如此。现在的新诗已经发展到一个程度，使我们感觉到"匀称"和"均齐"还是诗的主要的条件；这些正是外在复沓的形式。但所谓"匀称"和"均齐"并不要象旧诗——尤其是律诗——那样凝成定型。写诗只须注意形式上的几个原则，尽可"相体裁衣"，而且必须"相体裁衣"。

归纳各位作家试验的成果，所谓原则也还不外乎"段的匀称"和"行的均齐"两目。段的匀称并不一定要各段形式相同。尽可甲段和丙段相同，乙段和丁段相同；或甲乙丙段依次跟丁戊己段相同。但间隔三段的复沓（就是甲乙丙丁段依次跟戊己庚辛段相同）便似乎太远或太琐碎些。所谓相同，指的是各段的行数，各行的长短，和韵脚的位置等。行的均齐主要在音节（就是音尺）。中国语在文言里似乎以单音节和双音节为主，在白话里似乎以双音节和三音节为主。顾亭林说过，古诗句最长不过十个字；据卞之琳先生的经验，新诗每行也只该到十个字左右，每行最多五个音节。我读过不少新诗，也觉得这是诗行最适当的长度，再长就拗口了。这里得注重轻音字，如"我的"的"的"字，"鸟儿"的"儿"字等。这种字不妨作为半个音，可以调整音节和诗行；行里有轻音字，就不妨多一个两个字的。点号却多少有些相反的作用；行里有点号，不妨少一两个字。这样，各行就不会象刀切的一般齐了。各行音节的数目，当然并不必相同，但得匀称地安排着。一行至少似乎得有两个音节。韵脚的安排有种种式样，但不外连韵和间韵两大类，这里不能详论。此外句中韵（内韵），双声叠韵，阴声阳声，开齐合撮四呼等，如能注意，自然更多帮助。这些也不难分辨。一般人难分辨的是平仄声；但平仄声的分别在新诗里并不占什么地位。

新诗的白话，跟白话文的白话一样，并不全合于口语，而且多少趋向欧化或现代化。本来文字也不能全合于口语，不过现在的白话诗文跟口语的距离比一般文字跟口语的距离确是远些；因为我们的国语正在创造中。文字不全合于口语，可以使文字有独立的地位，自己的尊严。现在的白话诗文已经有了这种地位，这种尊严。象征诗的训练，使人不放松每一个词语，帮助增进了这种地位和尊严。但象征诗为要得到幽涩的调子，往往参用文言虚字，现在却似乎不必要了。当然用文言的虚字，还可以得到一些古色古香；写诗的人还可以这样做的。有些诗纯用口语，可以得着活泼亲切的效果；徐志摩先生的无韵体就能做到这地步。自由诗却并不见得更宜于口语。不过短小的自由诗不然。苏联玛耶可夫斯基的一些诗，就是这一类，从译文里也见出那精悍处。田间先生的《中国农村的故事》以至"诗传单"和"街头诗"也有这种意味。因为整个儿短小的诗形便于运用内在的复沓，比较容易成功经济的强烈的表现。

诗　韵

　　新诗开始的时候，以解放相号召，一般作者都不去理会那些旧形式。押韵不押韵自然也是自由的。不过押韵的并不少。到现在通盘看起来，似乎新诗押韵的并不比不押韵的少得很多。再说旧诗词曲的形式保存在新诗里的，除少数句调还见于初期新诗里以外，就没有别的，只有韵脚。这值得注意。新诗独独地接受了这一宗遗产，足见中国诗还在需要韵，而且可以说中国诗总在需要韵。原始的中国诗歌也许不押韵，但是自从押了韵以后，就不能完全甩开它似的。韵是有它的存在的理由的。

　　韵是一种复沓，可以帮助情感的强调和意义的集中。至于带音乐性，方便记忆，还是次要的作用。从前往往过分重视这种次要的作用，有时会让音乐淹没了意义，反觉得浮滑而不真切。即如中国读诗重读韵脚，有时也会模糊了全句；近体律绝声调铿锵，更容易如此。幸而一般总是隔句押韵，重读的韵脚不至于句句碰头。句句碰头的象"柏梁体"的七言古诗，逐句押韵，一韵到底，虽然是强调，却不免单调。所以这一体不为人所重。新诗不应该再重读韵脚，但习惯不容易改，相信许多人都还免不了这个毛病。我读老舍先生的《剑北篇》，就因为重读韵脚的缘故，失去了许多意味；等听到他自己按着全句的意义朗读，只将韵脚自然地带过去，这才找补了那些意味。——不过这首诗每行押韵，一韵又有许多行，似乎也嫌密些。

有人觉得韵总不免有些浮滑，而且不自然。新诗不再为了悦耳；它重在意义，得采用说话的声调，不必押韵。这也言之成理。不过全是说话的声调也就全是说话，未必是诗。英国约翰·德林瓦特（John Drinkwater）曾在《论读诗》的一张留声机片中说全用说话调读诗，诗便跑了。是的，诗该采用说话的调子；但诗的自然究竟不是说话的自然，它得加减点儿，夸张点儿，象电影里特别镜头一般，它用的是提炼的说话的调子。既是提炼而得自然，押韵也就不至于妨碍这种自然。不过押韵的样式得多多变化，不可太密，不可太板，不可太响。

押韵不可太密，上文已举"柏梁体"为例。就是隔句押韵，有些人还恐怕单调，于是乎有转韵的办法；这用在古诗里，特别是七古里。五古转韵，因为句子短，隔韵近，转韵求变化，道理明白。但七古句子长，韵隔远，为什么转韵的反而多呢？这有特别的理由。原来六朝到唐代七古多用谐调，平仄铿锵，带音乐性已经很多，转韵为的是怕音乐性过多。后来宋人作七古，多用散文化的句调，却怕音乐性过少，便常一韵到底，不换韵。所以韵的作用，归根结底，还是随着意义变的；我们就韵论韵，只是一种方便，得其大概罢了，并没有什么铁律可言。词的句调比较近于说话，变化多，转韵也多。可是词又出于乐歌，带着很多的音乐性，所以一般的看，用韵比较密。它以转韵调剂密韵，显明的例子如《河传》。还有一种平仄通押（如贺铸《水调歌头》"南国本潇洒，六代竞豪奢"一首，见《东山寓声乐府》)也是转韵；变化虽然不及一般转韵的大，却能保存着那一韵到底的一贯的气势，是这一体的长处。曲的句调也近于说话，但以明快为主，并因乐调的配合，都是到底一韵。不过平仄通押是有的。

词的押韵的样式最多，它还有间韵。如温庭筠的《酒泉子》道：

楚女不归,
楼枕小河春水
月孤明,风又起,
杏花稀。

玉钗斜篸云鬟髻,
裙上镂金凤。
八行书,千里梦,
雁南飞。
(据《词律》卷三)

这里间隔的错综的押着三个韵,很象新诗;而那"稀"和"飞"两韵,简直就是新诗的"章韵"。又如苏轼的《水调歌头》的前半阕道:

明月几时有?把酒问青天。
不知天上宫阙今夕是何年!
我欲乘风归去,
又恐琼楼玉宇
高处不胜寒。

179

起舞弄清影,何似在人间!

(据任二北先生《词学研究法》,与《词律》异)

这也是间隔着押两个韵。这些都是转韵,不过是新样式罢了。

诗里早有人试过间韵。晚唐章碣有所谓"变体"律诗,平仄各一韵,就是这个:

东南路尽吴江畔,
正是穷愁暮雨天。
鸥鹭不嫌斜两岸,
波涛欺得逆风船,
偶逢岛寺停帆看,
深羡渔翁下钓眠。
今古若论英达算,
鸱夷高兴固无边。

(《全唐诗》四函一册)

章碣"变体"只存这一首,也不见别人仿作,可见并未发生影响。他的试验是失败了。失败的原因,我想是在太板太密。新诗里常押这种间韵,但是诗行节奏的变化多,行又长,就没有什么毛病了。间韵还可以跨句。如上举《酒泉子》的"起"韵,《水调》的"宇"韵,都不在意义停顿的地方,得跟下面那个不同韵的韵句合成一个意义单位。这是减轻韵脚的重量,增加意义的重量,可以称为跨句韵。这个样式也从诗里来,鲍照是创始的人。如他的《梅花落》诗道:

中庭杂树多,偏为梅咨嗟。问君何独然?念其霜中能作花;霜中能作实,摇荡春风媚春日。念尔零落逐寒风,徒有霜华无霜质!

"实"韵正是跨句韵;但这首诗只是转韵,不是间韵。现在新诗里用间韵很多,用这种跨句韵也不少。

任二北先生在《词学研究法》里论"谐于吟讽之律",以为押韵"连者密者为谐"。他以为《酒泉子》那样押韵嫌"隔"而不连,《西平乐》后半阕"十六句只三叶韵",嫌"疏"而不密。他说这些"于歌唱之时,容或成为别调,若于吟讽之间,则皆无取焉"。他虽只论词,但喜欢连韵和密韵,却代表着传统的一般的意见。我们一向以高响的说话和歌唱为"好听"(见王了一先生《什么话好听》一文,《国文月刊》),所以才有这个意见。但是现代的生活和外国的影响磨锐了我们的感觉;我们尤其知道诗重在意义,不只为了悦耳。那首《酒泉子》的韵倒显得新鲜而不平凡,那《西平乐》一调的疏韵也别有一种"谐"处。《词律拾遗》卷六收吴文英的《西平乐》一首,后半阕十六句中有十三个四字短句。这种句式的整齐复沓也是一种"谐",可以减少韵的负担。所以"十六句三叶韵"并不为少。

这种疏韵除利用句式的整齐复沓外,还可与句中韵(内韵)和双声叠韵等合作,得到新鲜的和谐。疏韵和间韵都有点儿"哑",但在哑的严肃里,意义显出了重量。新诗逐行押韵的比较少,大概总是隔行押韵或押间韵。新诗行长,这就见得韵隔远,押韵疏了。间韵能够互相调谐,从十四行体的流行可知;隔行押韵,也许加点儿花样更和谐些。新诗这样减轻了韵脚的分量,只是我们有时还不免重读韵脚的老脾气。这得靠朗读运动来矫正。新诗对于韵的态度,是现代生活和外国诗的影响,前已提及。但这新种子,如本篇所叙,也曾在我们的泥土里滋长过,只不算欣欣向荣罢了。所以这究竟也是自然的发展。

作旧诗词曲讲究选韵。这就是按着意义选押合宜的韵——指韵部,不指韵脚。周济《宋四家词选》序论中说到各韵部的音色,就是为的选韵。他道:

> "东""真"韵宽平,"支""先"韵细腻,"鱼""歌"韵缠绵,"萧""尤"韵感慨,各具声响,莫草草乱用。

这只是大概的说法,有时很得用,但不可拘执不化。因为组成意义的分子很多,韵只居其一,不可给予太多的分量。韵部的音色固然可以帮助意义的表现,韵部的通押也有这种作用,而后者还容易运用些。作新诗不宜全押本韵,全押本韵嫌太谐太响。参用通押,可以哑些,所谓"不谐之谐"(现代音乐里也参用不谐的乐句,正同一理);而且通押时供选择的韵字也增多。不过现在的新诗作者,押韵并不查诗韵,只以自己的蓝青官话为据,又常平仄通押,倒是不谐而谐的多。不过"谐韵"也用得着。这里得提到教育部制定的《中华新韵》。这是一部标准的国音韵书,里面注明通韵;要谐,押本韵,要不谐,押通韵。有本韵书查查,比自己想韵方便得多。作方言诗自然可用方言押韵,也很新鲜别致的。新诗又常用"多字韵"或带轻音字的韵,有一种轻快利落的意味;这也在减少韵脚的重量。胡适之先生的"了字韵"创造于新诗的"多字韵",但他似乎用得太多。

现在举卞之琳先生《傍晚》这首短诗,显示一些不平常的押韵的样式。

    倚着西山的夕阳
     和呆立着的庙墙
   对望着:想要说什么呢?
     又怎么不说呢?

    驮着老汉的瘦驴
    匆忙的赶回家去,
   忐忑的,足蹄鼓着道儿——
     枯涩的调儿!

    半空里哇的一声
     一只乌鸦从树顶
   飞起来,可是没有话了,

依旧息下了。

按《中华新韵》,这首诗用的全是本韵。但"驴"与"去","声"与"顶"是平仄通押;"阳""墙""驴""顶"都是跨句韵,"么呢""说呢","道儿""调儿","话了""下了",都是"多字韵"。而"么""去""下"都是轻音字,和非轻音字相押,为的顺应全诗的说话调。轻音字通常只作"多字韵"的韵尾,不宜与非轻音字押韵;但在要求轻快流利的说话的效用时,也不妨有例外。

附 录

《新诗杂话》原序

远在民国二十五年,我曾经写过两篇《新诗杂话》,发表在二十六年一月《文学》的《新诗专号》上。后来抗战了,跟着学校到湖南,到云南,很少机会读到新诗,也就没有什么可说的。三十年在成都遇见厉歌天先生,他搜集的现代文艺作品和杂志很多。那时我在休假,比较闲些,厉先生让我读到一些新诗,重新引起我的兴味。秋天经过叙永回昆明,又遇见李广田先生;他是一位研究现代文艺的作家,几次谈话给了我许多益处,特别是关于新诗。于是到昆明后就写出了第三篇《新诗杂话》,本书中题为《抗战与诗》。那时李先生也来了昆明,他鼓励我多写这种"杂话"。果然在这两年里我又陆续写成了十二篇,前后十五篇居然就成了一部小书。感谢厉先生和李先生,不是他们的引导,我不会写出这本书。

我就用《新诗杂话》作全书的名字，另外给各篇分别题名。我们的"诗话"向来是信笔所至，片片段段的，甚至琐琐屑屑的，成系统的极少。本书里虽然每篇可以自成一单元，但就全书而论，也不是系统的著作。因为原来只打算写一些随笔。

自己读到的新诗究竟少，判断力也不敢自信，只能这么零碎的写一些。所以便用了"诗话"的名字，将这本小书称为《新诗杂话》。不过到了按着各篇的分题编排目录时，却看出来这十五节新诗话也还可以归为几类，不至于彼此各不相干。这里讨论到诗的动向，爱国诗，诗素种种，歌谣同译诗，诗声律等，范围也相当宽，虽然都是不赅不备的。而十五篇中多半在"解诗"，因为作者相信意义的分析是欣赏的基础。

作者相信文艺的欣赏和了解是分不开的，了解几分，也就欣赏几分，或不欣赏几分；而了解得从分析意义下手。意义是很复杂的。朱子说"晓得文义是一重，识得意思好处是一重"；他将意义分出"文义"和"意思"两层来，很有用处，但也只说得个大概，其实还可细分。朱子的话原就解诗而论，诗是最经济的语言，"晓得文义"有时也不易，"识得意思好处"再要难些。分析一首诗的意义，得一层层挨着剥起去,一个不留心便逗不拢来,甚至于驴头不对马嘴。书中各篇解诗,虽然都经过一番思索和玩味,却免不了出错。有三处经原作者指出,又一处经一位朋友指出,都已改过了。别处也许还有,希望读者指教。

原作者指出的三处,都是卞之琳先生的诗。第一是《距离的组织》,在《解诗》篇里。现在抄出这首诗的第五行跟第十行(末行)来:

(醒来天欲暮,无聊,一访友人罢。)
．．．．．．．．．．．．．．．．．．．．．．．．．．．．．．．．．．．
友人带来了雪意和五点钟。

括弧里我起先以为是诗中的"我"的话,因为上文说入梦,并提到"暮色苍茫",下文又说走路。但是才说入梦,不该就"醒",而下文也没有提到"访友",倒是末行说到"友人"来"访"。这便逗不拢了。后来经卞先生的指点,才看出这原来是那"友人"的话,所以放在括弧里。他也午睡来着。他要"访"的"友人",正是诗中没有说出的"我"。下文"忽听得一千重门外有自己的名字",便是这来"访"的"友人"在叫。那走路正是在模糊的梦境中,并非梦中的"醒"。我是疏忽了"暮"和"友人"这两个词。这行里的"天欲暮"跟上文的"暮色苍茫"是一真一梦；这行里的"友人"跟下文的"友人"是一我一他。混为一谈便不能"识得意思"了。

第二是《淘气》的末段：

哈哈！到底算谁胜利？
你在我对面的墙上
写下了"我真是淘气"。

写的是"你"，读的可是"我"；"你"写来好象是"你"自认"淘气"，"我"读了便变成"我"真是淘气了。所以才有"到底算谁胜利？"那玩笑是问句。我原来却只想到自认淘气的"真是淘气"那一层。第三是《白螺壳》，我以为只是情诗，卞先生说也象征着人生的理想跟现实。虽然这首诗的亲密的口气容易教人只想到情诗上去，但"从爱字通到哀字"，也尽不妨包罗万有。这两首诗都在《诗与感觉》一篇里。

《朗读与诗》里引用鸥外鸥先生《和平的础石》诗，也闹了错儿。这首诗从描写香港总督的铜像上见出"意思"。我过分地看重了那"意思",将描写当作隐喻。于是"金属了的手","金属了的他",甚至"铜绿的苔藓"都变成了比喻,"文义"便受了歪曲。我是求之过深,所以将铜像错过了。指出来的是浦江清先生。感谢他和卞先生,让我可以提供几个亲切有味的例子,见出诗的意义怎样复杂,分析起来怎样困难,而分析又确是必要的。

这里附录了麦克里希《诗与公众世界》的翻译。麦克里希指出英美青年诗人的动向。这篇论文虽然是欧洲战事以前写的,却跟本书《诗的趋势》中所引述的息息相通,值得参看。

朱自清

1944年10月,昆明。

诗与公众世界（译文）

(Poetry and the Public World)

〔阿奇保德·麦克里希（Archibald Macleish）著，《大西洋月刊》，一九三九年六月。〕

一

诗对于政治改革的关系，使我们这一代人发生兴趣，是很有理由的。在大多数人看，诗代表着个人的强烈的私人生活；政治改革代表着社会的强烈的公众生活。个人应该，但是很难，与这种公众生活维持和平的局势。这公私的关系包含着我们这一代人所感到的一种冲突——就是一个人的私人生活与多数人的非私人生活的冲突。

但是我们这一代人，对于时下关于诗与政治改革的关系的政治的辩论，会发生兴趣，却没有什么理由。相信多数人的说，诗应该是政治改革的一部分；相信一个人的说，诗应该与政治改革无交涉。这两种看法都没有什么意味。真的问题不是诗"应该"，或不该与政治改革发生交涉；真的问题是就诗与政治改革的性质而论，诗是否"能够"与政治改革发生交涉。我们可以说诗"应该"做这个，或不该做那个；但这话的意义只是说诗"能够"做这个，或不能做那个。因为诗除了自身的规律以外，是没有别的规律的。

所以这个问题只有从诗本身讨论，从诗的性质讨论，才是明智的办法。在讨论时，该先问诗的性质是什么；特别该注重诗在本性上是一种艺术呢，还是别的东西。如果诗是艺术，诗便能做艺术所能做的。如果不是的，诗的范围又不同。

这个题目，历来人论的很多；他们或者著书立说，或者在晚上，在走路时，以及别的机会里，闲谈到这个。一方面有些人说，诗不能是艺术，因为它是"真""美""善"的启示，比艺术多点儿。在这些人看来，诗显然是不能与政治改革发生关系的；因为政治改革远在天空中，不在诗所能启示的精神里头。别方面又有些人说，诗不能是艺术，因为诗所能写出的,散文也能写出,诗不过是散文的另一写法罢了,它比艺术少点儿。在这些人看来,关于政治改革,诗也不能说什么,因为散文能说得比它好。末了儿,还有些人说,诗既不比艺术多,也不比艺术少,它只是艺术。在这些人看,如果艺术和政治改革有交涉,诗便也与政治改革有交涉,如果艺术和政治改革没有交涉,诗也是一样。

虽然有这三种可能的意见,虽然三种意见都有许多人主张,其中还有些可尊敬的人,但这三种意见,价值却不相等。例如诗比艺术多点儿的意见,学校里差不多都教着,说英语的人民都主张着。但这个意见,读诗者却难以相信,因为这当中包含着一些定义,像最近一位英国女诗人所下的"一篇诗"的定义那样;她说一篇诗是"揭示真理的,这真理是如此基本的,如此普遍的,除了叫它'真理',便只有叫它做'诗',再没有别的名字配得上"。换句话说,诗不是诗篇本身,而是诗篇所指示的内容,像一张银行支票所指示的钱数似的。这里诗篇所启示的真理,就像孩子在神仙故事里所发现的那湖中小岛上教堂的井里的鸭蛋中巨人的心一样。难的是这条诗的定义只能适用于某些诗篇上。有些诗篇是"揭示真理"的。其中有好诗。多数是女人写的。但所有的诗篇并非都是这一种。例如荷马的诗，就不止"揭示真理"，还描写着人兽的形状，水的颜色，众神的复仇。各种语言里最伟大的诗篇之所以流传，是因为它们的本身，并不是因为它们的道理。

同样，诗不过是一种规律化的散文，它比艺术少点儿，这意见也是难以接受的。主张这意见的人相信诗与散文只是文字形式的不同，而不是种类的不同；诗只是同样事情的另一说法罢了。这样，老年诗人对少年诗人说："能用散文写的，决不要用韵文写。"教师对学生说："这是散文，因为这不是诗。"批评家对读者说："诗是死了。散文在将它赶出我们近代世界以外去。"

当然，说这些话，得相信诗只是用另一方法说出散文也能说的，只是和散文比赛的一种写作法罢了。得想着散文与诗是比赛的写作法，你才能说到散文在将诗赶出我们近代世界以外去。得想着韵文和散文是有同样功用的、可互换的方法，你才能说到能用散文写的别用韵文写。但是尝试过的人自己明白，散文和诗并非只是可互换的方法，用来说同样事情的；它们是不同的方法，用来说不同的事情的。用这种所能说的，用那种便不能说。想将一篇诗化成散文，结果不过是笨滞的一堆词儿，象坟墓中古物见风化成的尘土一样。一篇诗不是可以写点儿什么的"一种"法子,它是可以写点儿什么的"那种"法子。那可以用这种法子写出来的东西,便是诗篇。

这样说,那些人相信诗既不比艺术多,也不比艺术少,只是艺术,似乎是对了;似乎诗与政治改革的关系,这么样讨论才成。但从艺术上来看,却就难说诗与政治改革在性质上是不能有交涉的。

二

艺术是处理我们现世界的经验的,它将那种经验"当作"经验,使人能以认识。别的处理我们现世经验的方法,是将它翻成知识,或从它里头抽出道德的意义。艺术不是这种方法。艺术不是紬绎真理的技术,也不是一套符号,用来作说明的。艺术不是潜水人用来向水里看的镜子,也不是了解我们生命的究极的算学,艺术只是从经验里组织经验,目的在认识经验。它是我们自己和我们所遭遇的事情中间的译人,目的在弄清楚我们所遭遇的是些什么东西。这是从水组织水,从脸组织脸,从街车、鲜红色和死,组织街车、鲜红色和死。这是一种经验的组织,不凭别的只凭经验去了解，只凭经验，不凭意义，甚至于只凭经验，不凭真理。一件艺术品的真理只是它的组织的真理，它没有别的真理。

艺术不是选精拣肥的，它是兼容并包的。说某些经验宜于艺术，某些经验不宜于艺术，是没有这回事的。任何剧烈的、沉思的、肉感的、奇怪的、讨厌的经验，只须人要求认识，都可以用上艺术的功夫。如果所有的艺术都这样，艺术的一体的诗便也这样。没有某些"种"经验是诗所专有的；换句话说，诗使人认识的经验，并不是诗所独专的。诗使人认识的经验可以是"属于"任何事情的经验。象诗这种艺术所时常用的，这经验可以是爱的经验，或者神的意念，或者死，或者现世界的美——这美是常在的，可是对于每一新世代又常是新奇的。但这经验也可以是，而且时常是，一种很不同的经验。它可以是一种强烈的经验，需要强烈的诗句，需要惊人的诗的联想，需要紧缩的诗的描述，需要咒语般的诗的词儿。它可以是一种经验，强烈性如此之大，只有用相当的强烈性的安排才能使它成形，象紧张的飞，使翅子的振动有形有美一样。

诗对于剧烈的情感的作用，象结晶对于炼盐，方程式对于复杂的思想一般——舒散，认明，休止。词儿有不能做到的，因为它们只能说；韵律与声音有不能做到的，因为它们不能说；诗却能做到词儿、韵律与声音所不能做到的，因为它的声音和文词只是一种咒语。只有诗能以吸收推理的心思，能以解放听觉的性质，能以融会感觉表面的光怪陆离；这样，人才能授受强烈的经验，认识它，知道它。只有诗能将人们最亲密因而最不易看出的经验表现在如此的形式里，使读着的人说："对了……对了……是象那样……真是象那样。"

所以，如果诗是艺术，便没有一种宗教的规律，没有一种批评的教条，可以将人们的政治经验从诗里除外。只有一个问题：我们时代的政治经验，是需要诗的强烈性的、那种强烈的经验吗？我们时代的政治经验，是象诗，只有诗，所能赋形，所能安排，所能使人认识的经验，同样私人的，同样直接的，同样强烈的那种经验吗？

在我们已经不是年轻人的生活中，过去有时候政治经验既不是亲密的，也不是私人的，也无所谓强烈的。在大战以前的年代，政治是外面的事情，在人们生活里不占地位，只象游戏、娱乐、辩论比赛似的。一个人生活在他的屋子里，他的街市里，他的朋友里；政治是在别的地方。公众世界是公众世界；私有世界是私有世界。那时候诗只与私有世界发生交涉。诗说到公众世界时，只从私的方面看；例如表现国家的公共问题，却只说些在王位的私有的神秘一类话。要不，它便放弃了诗的权利，投入国家的政治服务里了，象吉伯龄和不列颠帝国派诗人所曾做的。

三十年前，公众世界是公众世界，私有世界是私有世界，这是真的；三十年前，诗就性质而论，与公众世界绝少交涉，也是真的。但到了今天，这两种情形并不因此还靠得住。的确，不但我们亲眼看见，说话有权威的人也告诉我们，三十年前是真的，现在靠不住了，而且和真理相反了。达马斯·曼（Thomas Mann）告诉我们，二十年前他写《一个非政治的人的感想》的时候，他在"自由"和"文化"的名字之下，用全力反对政治活动；现在他却能看出，"德国资产阶级想着文化人可以是非政治的，是错了……政治的生活和社会的生活是人的生活的部分；它们属于人的问题的全体，必得放进那整个儿里。"我们也已开始看出这一层。我们也已开始知道，再不是公众世界在一边，私有世界在一边了。

的确，和我们同在的公众世界已经"变成"私有世界了，私有世界已经变成公众的了。我们从我们旁边的那些人的公众的多数的生活里，看我们私有的个人的生活；我们从我们以前想着是我们自己的生活里，看我们旁边那些人的生活。这就是说，我们是活在一个革命的时代；在这时代，公众生活冲过了私有的生命的堤防，象春潮时海水冲进了淡水池塘将一切都弄咸了一样。私有经验的世界已经变成了群众、街市、都会、军队、暴众的世界。众人等于一人、一人等于众人的世界，已经代替了孤寂的行人、寻找自己的人、夜间独自呆看镜子和星星的人的世界。单独的个人，不管他愿意与否，已经变成了包括着奥地利、捷克斯拉夫、中国、西班牙的世界的一部分。一半儿世界里专制魔王的胜利和民众的抵抗，在他是近在眼前，象炉台儿上钟声的嘀嗒一般。他的早报里所见的事情，成天在他的血液里搅着；马德里、南京、布拉格这些名字，他都熟悉得象他亡故的亲友的名字一般。

我们自己感觉到这是实在的情形。既然我们知道这是实在的情形，我们也就知道我们问过的问题的答案了。如果我们作为社会分子的生活——那就是我们的公众生活，那就是我们的政治生活——已经变成了一种生活，可以引起我们私人的厌恶，可以引起我们私人的畏惧，也可以引起我们私人的希望；那么，我们就没有法子，只得说，对于这种生活的我们的经验，是有强烈的、私人的情感的经验了。如果对于这种生活的我们的经验，是有强烈的、私人情感的经验，那么，这些经验便是诗所能使人认识的经验了——也许只有诗才能使人认识它们呢。

三

但是如果我们知道这是实在的情形，那么，诗对于政治改革的关系整个儿问题便和普通所讨论的不同了。真正的怪事不是文学好事家所说的、他们感觉到的——他们感觉到的怪事是，公众世界与诗的关系那么少，诗里会说得那么多。真正的怪事是，公众世界与诗的关系那么多，诗里会说得那么少。需要解释的事实，不是只有少数现代诗人曾经试过，将我们时代的政治经验安排成诗，而是作这种努力的现代诗人没有一个成功的——没有一个现代诗人曾经将我们这一代人对于政治世界的经验，用诗的私人的然而普遍的说法表现给我们看。有些最伟大的诗人——叶慈（Yeats）最著名——曾经触着这种经验来着。但就是叶慈，也不曾将现代的政治世界经验"当作"经验表现，用经验的看法表现——他不曾将这种经验用那样的词儿，那样蕴含的意义与感觉，联系起来，让我们认识它的真相。

就是叶慈,也不曾做到诗所应该做的,也不曾做到诗在别的时代所曾做到的。

哈佛的赛渥道·斯宾塞(Theodare Spencer)教授在一篇很有价值的论文《〈韩姆列特〉与实在之性质》里,曾经说明那位英国最伟大的诗人如何将他的时代的一般经验紧缩起来,安排成诗,使人认识它。他说明那使《韩姆列特》有戏剧的紧张性的现象和实在的冲突,是如何与那时代思想所特有的现象和实在的冲突联系着:那时代旧传的陶来梅的宇宙意念,和哥白尼的宇宙意念;正统的亚里斯多德派对于统治者的道德的概念,和马加费里(Machiavelli)"现实"政府的学说;再生时代对于人在自然界位置的信念,和蒙田(Montaigue)人全依赖神恩的见解:都在冲突着。莎士比亚的戏剧能以将他的同时人的道德的混乱与知识的烦闷那样地组织起来,正是一位大诗人的成就;直到我们现在,我们还能从韩姆列特这角色里认识那极端的"知识的怀疑"的经验——不过怀疑到那程度,怀疑已不可能,只能维持信仰了。真的现象也许只是表面的真理,这样信着是很痛苦的;我们现在向我们自己诉说这种痛苦,还用着他的话呢。

关于我们这一代人的经验,可以注意的是,现代诗还没有试过将我们这时代的公众的然而又是私有的生活组织成篇，让我们能以和《韩姆列特》比较着看。这件事实该使爱诗的人心烦；至于说诗误用在政治目的上，倒是不足惧的。爱诗的人解释这件事实，如果说出这样可笑的话：如果说那样的工作需要一个莎士比亚，现代诗还没有产生莎士比亚呢——那是不成的。

这工作难是真的。在一切时代，诗的组织的工作都是难的；如果所要安排的现象，以切近而论是私有的，以形式而论又是公众的，那么，这工作便差不多是人所不能堪的难。无论一些作诗的人怎么说，诗总不是一种神魔的艺术；诗人象别人一样，在能使人了解之先，自己必得了解才成。他们自己得先看清经验的形状和意义，才能将形状和意义赋给它。我们各行人中间，也有少数知道我们所生活的时代的形状和意义的。但是一团糟的无条理的知觉和有条有理的诗的知觉不同之处，便是诗的动作不同之处；这诗的动作，无论看来怎么敏捷，怎么容易，怎么愉快，却实在是一件费力的动作，和人所能成就的别的任何动作一样。这动作没有助力，没有工具，没有仪器，没有算学，没有六分仪；在这动作里，只是一个人独自和现象奋斗着，那现象是非压迫它不会露出真确的面目的。希腊布罗都斯

（Proteus）（善变形的牧海牛的老人——译者）的神话是这工作的真实的神话。诗人奋斗是要将那活东西收在网里，使它不能变化，现出原形给人看——那原形就是神的形。

> 从他身上落下了那张兽皮，那海牛的形状，
> 那鱼的朱红色，那鲨鱼的皱皮，
> 那海豹的眼和海水淹着的脖子，
> 那泡沫的影子，那下潜的鳍——
> 他徒然的逃遁所用的那一切骗术和伪计：
> 他被变回他自己，海水浸得光滑滑的，
> 　还湿淋淋的呢，
> 神给逮住了，躺着，赤裸裸的，在捕拿的网里。

的确，奋斗者要强迫那假的现象变成真的，在象我们这样的时代是特别难。所要压迫的神，是我们从不曾见过的，甚至于那些现象，也是我们不熟悉的，那么，挡着路的不但是一个难字了。同样难的工作，从前人做成过，而且不独莎士比亚一人。诗的特殊的成就不仅限于最伟大的诗人，次等的人的作品里也见得出。

现代诗所以不能将我们时代的经验引进诗的认识里，

真正的解释是在始终管着那种诗的种种影响的性质上和形成那种诗的种种范型的性质上。更确切些说，真正的解释是在这件事实上：我们称为"现代"的诗——也就是我们用"近代"这名称的诗——并不真是现代的或者近代的：它属于比我们自己时代早的时代；它在种种需要之下形成，那些需要并不是我们的。这种诗在它法国的渊源里，是属于魏尔伦（Venlaine）和拉浮格（Laforgue）以及前世纪末尾二十年；在它英国的流变里，是属于爱略特（T. S. Eliot）和爱斯拉·滂德（Ezra Pound）以及本世纪开头二十年。这种诗不是在我们自己世界的种种"人的""政治的"影响之下形成的，而是在大战前的世界的种种"文学的"影响之下形成的。

我们所称为"现代"的诗，原来是，现在还是，一种"文学的叛变"的诗。这样的诗适于破坏经验之种种旧的诗的组织，而不适于创造经验之种种新的诗的组织。人的普通经验一代一代变化，诗里经验的种种组织也得变化。但是种种新的组织决不是一些新的起头，新的建设；它们却常是些新的改造。它们所用的物质材料——词儿、重音、字音、意义、文理——都是从前用过的：从前人用这些材料造成一些作品，现在还站得住。要用它们到新作品里，先得将它们从旧的三合土里打下来，从旧的钉子上撬下来。因为这个理由，诗里的种种改革，象别的艺术里种种改革一般，都是必需的，而且是必然会来的。凡是新世代的经验和前世代的经验相差如此之远，以致从前有用的种种"经验的组织"都成无用的时候；凡是要求着一种真不同的"经验的组织"的时候；种种旧组织是先得剥去、卸下的。

四

英国的"近代诗"，象它的法国胞胎象征派的诗似的，都是这种诗。法国号称象征派的诗人们有一件事，只有一件事，是共同的——他们都恨巴那斯派（Panasse）形式的、修饰的诗，"那有着完密的技巧，齐整的诗行，复杂的韵脚，以及希腊、罗马、印度的典故的。"他们的共同目的是，如魏尔伦所说，"要扭转'流利'的脖子。"

滂德是美国诗人中第一个确可称为"近代"的诗人；他也恨修饰，也是一个扯尾巴的人。滂德是破坏大家，是拆卸暗黄石门面的大家，是推倒仿法国式的别墅、仿峨特式的铁路车站的大家。他是个拆卸手；在他看，不但紧在他自己前一代的已经从容死去的诗,就连接受那种诗的整个儿世界,都是废物,都没道理,都用得着铁棍和铁锤去打碎。他是个炸药手;他不但恨那《乔治诗选》与大战前一些年的太多的诗,并且恨整个儿爱德华时代的"经验的组织"——从那时代以来,所有的经验与大部分的诗都由那组织里漏出,象家庭用旧的沙发里漏出的马毛一样,没有别的,只显着一种硬而脆的形状,狗都不愿上去,甚至恋人们也不愿坐。他象他自己说拉浮格的话,是一个精细的诗人,一个解放各民族的人,一个纽马·滂皮留斯(Numa Pompillius)(传说中罗马古代的王,相传他在混乱中即位,爱和平,制定种种礼拜仪式与僧侣规律,有助于宗教甚大——译者),一个光之父。他夜间做梦,总梦见些削去修饰的词儿,那修饰是使它们陈旧的;总梦见些光面儿没油漆的词儿,那油漆曾将它们涂在金黄色的柚木上;总梦见些反削在白松木上、带着白松香气的词儿。他以前是,现在还是,杂乱的大地之伟大的清除人之一,如果新世代不从这些方面看他,那是因为新世代不知道他所摧毁的建筑物。他的那些诗,现在只是些盖着旧建筑的墙上的装整了,以前却一度是些工具——一些用来破坏的、带钩的铁棍,大头的铁锤,坚利的钢凿之类。

爱略特也许因为别一些原因被人们记着，但在他写那些对这世代影响很大的诗的时候，他也是个破坏诗的形式的一把手。那时他专力打破已有的种种组合，就是词儿、影象、声音的种种"诗的"联想；他的效果甚至于比滂德还大些。他通过学院诗的玻璃窗，将那"现在时"，那寻常的近代世界，带着它的乡村的无味，星期日下午的失望，公园里长椅子上的心灰意懒，高高地捧起来；这是滂德所决不能做到的。他比滂德更其是破坏的，因为他关心的更多；滂德一向是自己活在屋子里的。爱略特心里其实爱着他所攻击的那些学院传统；他做他所做的，是忍着苦痛，是由于一种好奇的窝里翻的复仇心，却不曾希望跟着出现一种较好的诗。他的工作不象滂德，不是澄清大地和空气，给一种不同的结构开路；他是热情地厌恶着他自己和他的时代：他是恨着那破坏的必要；他破坏，只是使人更明白那种必要是可恨的。他所恨的是他自己的时代，不是和他自己时代战斗着的"诗的过去"，这事实使他的作品有那冷酷的、激烈的自杀的预感。

近代诗是这些大家的诗，是造成这些人的大战世代与战前世代的诗。在这种诗自己的时代，它是一种需要的，有清除功用的，"文学的叛变"的诗。但它决不是能做现在所必需做的新的建设工作的诗。革命家少有能够重新建筑起他们所打倒的世界的；在革命胜利之后，继续搭着革命的架子，会产生失望与绝望——这在我们的时代是太常见了。现代诗大部分是这样继续着搭着革命的架子。爱略特早年所取的态度和所用的熟语，早已不切用了，人们却还模仿着；这不是因为重新发见了它们的切用之处，乃是因为它们的气味可爱的缘故——冷讽是勇敢而可以不负责任的语言，否定是聪明而可以不担危险的态度。这样，滂德早年的力求新异，也还是现在的风气；不是因为滂德力求新异的种种条件还存在，是因为新异是一种可爱的"成功的标准"——只要新异，诗人便没有别的责任了。

现代诗的这种特质，便是它所以不能使我们认识我们时代的我们的经验的原因了。要用归依和凭依的态度将我们这样的经验写出来，使人认识，必需那种负责任的、担危险的语言，那种表示接受和信仰的语言。那种表示接受和信仰的、负责任的语言，在"文学的叛变"的诗，是不可能的。莎士比亚的《韩姆列特》，是接受了一个艰难的时代，证明了诗在那时代中的地位。拉浮格的"韩姆列特"，和在他以后爱略特的及现在这一代人的"韩姆列特"，是否定了一个艰难的时代，而且对于用诗表现这时代的希望,加了轻蔑的按语。非到现代诗不是"近代的"、即大战前的"文学的叛变"的诗,非到现代诗从它自己的血脉里写出拉浮格和爱略特的"韩姆列特",诗是不会占有我们所生活的、公众的然而私有的世界的,是不会将这世界紧缩起来,安排起来,使人认识的。到了那时候,我们自己时代的真诗,才会写出来。在英美青年诗人的作品里,已经可以看出,那时代是近了。